산골에서 혁명을

초록 눈 아나키스트와
꿈꾸는 자유영혼 '나'

산골에서 혁명을

박호연 에세이

산지니

모든 것이 생경한 겨울 길목의 산골

새롭게 이식된 땅에 잔뿌리를 내린다.

들어가는 말

도시를 떠나 산골에 살아보자!

초등학교 시절, 그러니까 10대 초반, 2호선 잠실역에서 내려 바로 지하로 연결되는 롯데월드 어드벤처는 나와 친구들에게 별천지였다. 어드벤처의 뜻을 제대로 알지 못한 채 모험이 시작되었던 것이다. 프렌치 레볼루션도 마찬가지다. 1789년 프랑스에서 일어난 혁명이 아니라 롯데월드 어드벤처에 있던 롤러코스터를 말하는 것이다. 기존의 평 트인 실외 공원에서와는 달리 거대한 동굴 같은 롯데월드의 벽면에 붙어 빙글빙글 회전하는 롤러코스터는 1990년, 우리들에게 과히 혁명적이었다. 그것이 벽에 부딪힐 것 같아 더 무섭다고, 그래서 진짜 '캡'이라고 친구는 침을 튀기며 말했다. 그때 나는 영어를 배우기 전이었기에 그 대단한 롤러코스터의 이름을 단번에 외울 수가 없었는데, 그럼에도 레볼루션이란 단어가 마음에 들었다. 어감이 낭만적이었다.

레볼루션에서 낭만감을 느꼈던 건 그 시절뿐이 아니었다. 20대, 쇼팽을 좋아했다. 들으면 들을수록 쇼팽의 피아노 연

주곡에 빠져들었다. 쇼팽의 에튀드 10~12번은 '혁명'이라 불린다. 왼손이 아주 빠르게, 끊임없이 건반을 오르내리며 긴박감을 연출하는 동안 오른손은 단 몇 개의 건반만을 띄엄띄엄, 손가락 하나하나에 힘을 실어 내리친다. 비장미가 흐른다. 쇼팽의 곡들이 다 그러하지만 소용돌이치는 혁명을 연상시키는 곡임에도 낭만감이 내재되어 있다. 내 귀에는 그랬다.

30대, 역사와 사회, 현 세상의 작동 원리를 좀 더 이해하는 나이가 되었다. 이제 혁명은 그전처럼 낭만적이지만은 않다. 혁명이란 두 글자의 조합은 참으로 많은 것들을 연상시킨다. 새로운 세상과 질서에 대한 기대와 희망, 단두대의 피비린내와 명분을 가장한 폭력성, 연대와 인류애, 혼란과 무자비 등등.

혁명이 무엇이냐고 물었을 때 그는 이렇게 대답했다.

La révolution est de sortir des roles établis et explorer des nouvelles possiblités.

혁명은 정해진 역할에서 벗어나 새로운 가능성을 탐험하는 것이다.

그런 의미에서라면 혁명은 역시 매력적이다. 그리고 나는 살아온 나날 중 가장 혁명적인 결심을 하기에 이른다. 도시를 떠나 산골에 살아보자!

기존 삶의 방식을 의심하는 누군가에게는 '일상의 혁명'이 필요하다. 스스로를 아나키스트라고 지칭하는 남자와 얽매이지 않는 자유로움을 갈망하던 여자는 새로운 삶을 찾아 산골짜기로 들어갔다. 제도가 만들어놓은 패턴에서 벗어나 대안적인 방식으로 살아보기엔 도시보다 산골이 더 좋을 것 같았다. 의적 로빈 후드와 홍길동도 외진 숲과 산에서 새로운 세상을 도모하지 않았는가.

글을 열기 전 제목을 해명하고 싶었다. 나에게 혁명이란, 과한 것이 아니라 누구나 살면서 이루어나갈 수 있는 사건이다. 레볼루션Revolution에는 회전, 반복이란 의미가 있다. 지구의 공전을 레볼루션이라 표현한다. 혁명이란 반복되는 무엇인가를 새롭게 시작하는 것이다. 산골에서 혁명을! '혁명'이란 의미심장한 단어가 들어간 제목이 멋을 부린 것만은 아님을, 혁명이 나에게 어떤 의미로 해석되는지를 알아주면 좋겠다.

산문집을 엮으며, 지난 10년, 30대의 시간을 차곡차곡 정리했다. 글을 써 내려가며 불순물 없이 순수했던 감정들이 순간순간 떠올라 즐거웠다. 초여름의 밤에 울려 퍼지는 소쩍새 소리, 장마로 불어난 계곡의 용솟음, 결실이 주렁주렁 달리는 작물, 계절이 기척 없이 지나가는 풍경을 곁에서 지켜

보며 밀려왔던 기쁨과 충만함이 다시 한 번 가슴에 밀려왔다 지나갔다. 물론 어려웠던 나날들도 떠올라 마음이 스산해지기도 했다. 삶이란 언제나 그렇듯 좋지만도 나쁘지만도 않았다. 도시에 살든, 산골에 살든, 그 어디에 살든 삶은 공평하게 희로애락으로 구성되어 있지 않을까?

무주 산골 광대정에서

박호연

차례

1장

산골살이

자유는 불편을 동반하고

청산에 한번 살아보지, 뭐

올여름은 유난히 비가 많다. 풀로 뒤덮인 짙푸른 세상은 눅눅하다. 바싹 마르지 않는 빨래에서는 습濕에 달려든 곰팡내가 풍긴다. 이런 여름날, 쪼그리고 앉아 낫으로 풀 치는 남편을 보고 있자니 미련하다는 생각이 들었다. 비와 해가 번갈아 등장하는, 열대 우림과도 맞먹을 후덥지근한 날씨에 장맛비에 웃자란 풀들이 정글을 이루고 있다. 이러한 조건이면 어김없이 출현하는 독한 모기 떼와 벌레를 피하려 남편은 두툼한 긴 팔에 긴 바지, 목덜미까지 내려오는 모자에, 그것도 모자라 머리에 양파망을 뒤집어쓰고 낫질하고 있다. 보지 않아도 땀을 쏟고 있을 게 자명하다. 쯧쯧. 그늘에 앉아 측은지심을 품고 남편을 바라보니 저쪽 하늘에서 밀려오는 먹구름이 눈에 들어온다. 그리고 그것처럼 밀려오는 생각. '미련한 건 남편뿐만은 아니다.'

오전 나절, 나는 방비로 집 안 구석구석의 먼지를 남편처럼 쪼그리고 다니며 쓸어냈다. 장판의 습기를 머금은 눅눅한 먼지들을 밀어내자 기분은 산듯했으나 무릎이 시큰거렸다.

미련하긴 나도 매한가지. 남편은 예초기를, 나는 진공청소기를 마련하면 될 것을 우린 참 불편하게도 살고 있다. 변명을 하자면, 남편은 예초기, 나는 진공청소기의 소음을 싫어한다. 이유가 그뿐은 아니다. 돈 쓰고 사기 싫어서, 문명의 이기를 최소화하고 단순하게 살아보자는 결심을 깨기 싫어서, 인류에 닥쳐올 에너지 고갈 위기와 우리에게 닥쳐올 통장 잔액 고갈의 위기 따위를 생각하며 미루고 미루다 어느새 9년이 지나버렸다.

서울 태생인 나는 9년 전 늦가을, 이곳 산골짜기 빈집에 들어오게 되었다. 새색시 치마폭처럼 곱고 화려하던 단풍들이 우수수 떨어지고 낙엽송의 침엽만이 누렇게 가을을 붙잡는 스산한 11월이었다. 산골 빈집은 가을빛이 찬란하던 10월에 결혼한 나와 남편의 신혼집이었다. 결혼도 했으니 한번 다르게 살아보지 뭐, 라는 말은 공식적인 핑계였고, 직업도 없고 돈 벌 의지도 없는 생태주의자와 살림을 차리기엔 산골 빈집만 한 곳이 없었다. 살 집이 마련된 이곳은 나에게나 남편에게나 미지의 땅이었다. 사실을 고백하자면 이 집을 찾기 전 나는 이 지역이 전국 어디에 있는지도 몰랐다. 우리가 찾은 집은 10년(지금 시점에서는 20년) 전쯤 귀농했다 떠나버린 사람이 아내와 아이들과 함께 손수 지은 흙집이었다. 집 보러 온 첫날, 수도를 틀어보니 쪼로록 물 흐르는 소리가 고즈넉한 산사山寺에서처럼 울려 퍼졌다.

"저기 윗 다랑이 보이죠? 이 집 전용 샘이 저 위에 있어요. 거기서 나는 물을 연결해서 써요. 에너지를 하나 쓰지 않고 끌어오는 자연수니까 맘껏 흘려보내도 돼요"

집주인의 대리인 격이던 이웃의 설명을 들으며 물을 마셔보니 차고도 달았다. 돈과 에너지를 들이지 않고 쓸 수 있는 물이라는 데에 남편은 귀가 솔깃했다. 작은 구들방 하나에 부엌 겸 거실 한 칸이 달랑인 단출한 흙집이었지만 주인이 놔두고 간 냉장고며 서랍장, 부엌살림이 있는 건 내 마음에 들었다. 우리에게는 차도 없던 시절이라 여기저기 시골 빈집을 보러 다니기도 번거로웠다. 그러니 드는 생각. 이왕 시골에 살아보기로 했으니 이 집처럼 단순하게 시작해보자!

산골 생활을 시작하는 서울내기에게 겨울 문턱은 그리 녹록하지 않았다. 구들로 불 때서 난방하는 흙집에는 온수는 커녕 욕실도 없었고, 궁색한 창문들은 아귀가 맞지 않았다. 오랜 시간 비어 있던 구들장에선 연기가 샜고, 미세한 금이 간 흙벽 사이로는 늦가을의 한기가 새어들었다. 게다가 집은 아주 외진 산골. 마을이 있는 산 아래로 내려가는 것보다 산 정상으로 오르는 게 더 가까웠으며 낮에도 집 바깥으로 사람은 고사하고 개 한 마리도 지나가지 않았다. 가끔 오후 나절이면 산등성이 하나 아래 이웃집 마당에서 마을 아이들 노는 소리만이 메아리쳤다. 세상의 끝이나 다름없는 이곳에 집주인은 왜 터를 잡았던 것일까. 그리고 난, 어쩌다 이런 허름한 산골 집에 신혼을 차리게 된 것인가. 곰곰이 생각해봐도 여기 살라고 등 떠민 사람은 아무도 없었다.

이 집에는 단출함과는 구색이 맞지 않는 한 가지가 있었다. 그것은 그럴싸한 전원주택에나 있을 법한, 한쪽 벽면을 차지한 동남향 통창이었다. 늦가을의 찬 기운이 새어드는 통창 너머로 나는 매일 밤 달의 변화를 지켜보며 잠이 들었다. 달도 없는 칠흑 같은 밤이면 적막 속에 표류하는 공기가 내 귓가에 울려 퍼졌다. 모든 것이 생경한 겨울 길목의 산골에서 나는 새롭게 이식된 땅에 잔뿌리를 내리려고 마음을 다잡고 또 다잡았다.

새봄이 찾아오자 우리는 딸을 얻었다. 산과 들도 어린 아기 같은 초록빛 생명들을 쏟아냈다. 남편은 원하던 대로 밭을 일구기 시작했다. 평생 농사짓고 살아온 산 아래 어르신들이 보신다면 영 심기가 불편할 그만의 농사 실험이 시작됐다. 지그재그 모양으로 고랑을 판 밭에 넝쿨 식물들을 한데 모아 심고 인디언 티피 모양으로 삼각뿔 지주를 세웠다. 비료는커녕 퇴비도 제대로 주지 않았다. 그런데도 여름이 되자 남편의 유별난 텃밭에는 잎채소를 비롯해 가지, 토마토,

해가 나면 찬란하다.
11월, 집으로 향하는 임로

호박, 오이, 고추 등이 주렁주렁 열렸다. 불볕더위에도 흙집은 언제나 서늘했고 골바람은 청량했다. 여름이 일찍 물러가고 가을이 되자 색의 향연이 시작됐다. 초록이던 산천은 붉게, 누렇게 혹은 갈색으로 서서히 변해가다, 비가 한 번 지나간 다음이면 나무들은 더욱 고혹적인 화장을 하고 내 앞으로 한 발짝 다가섰다. 감나무 잎사귀의 색깔 변신은 도시 여자들처럼 감각적이었으며, 가을 국화의 샛노랑은 흐린 하늘 아래서도 빛나는 형광이었다. 겨울 문턱의 누런 낙엽송은 해가 들면 창백한 서양 아기의 은빛 도는 금발 머리카락처럼 반짝였다. 계절이 한 바퀴 돌아 다시 늦가을로 돌아왔다. 그리고 나는, 산골 터전에 잔뿌리를 조금 더 내려보기로 마음먹었다.

이 터에 자리 잡은 우리는 두 살 터울로 아이 넷을 얻었다. 자급농을 꿈꾸는 남편과 더불어 아이를 낳고 키우기에 전력을 다하며 나는 어느덧 미혹에 흔들리지 않는다는 나이가 되었다.

광대정 일기

광대정. 내가 사는 산골짜기는 이렇게 불렸다. 산골살이를 처음 시작할 즈음, 단풍은 흩어버리고 가지런한 낙엽송 군락만 누렇게 남아 있던 늦가을이었다. 구들을 때도 한기가 스며드는 집 창문에 칠 비닐을 사러 철물점에 갔다. 오동통한 철물점 아주머니는 낯선 우리를 보더니 물으셨다. “광대정에서 왔지요?” 어떻게 아셨냐고 묻자, “척 보면 알지”라고 하신다. 토박이 상인이 한눈으로 보기에도 우리는 여기 산골에 살러 온 젊은 괴짜들, 그렇다면 광대정밖에 더 있냐는 투였다. 그러면서 거드는 말이 “거기 사람들 내가 다 알지. 우리 집 단골들이야. 다들 옛날처럼 흙 같은 걸로 집 지었잖아. 그래서 손볼 게 많은지 노상 우리 집에 사러 다녀. 거기 추울 텐데 나무로 불 때고들 살잖아. 살 만해?”

남향 골짜기를 따라 귀농이나 귀촌한 집들이 듬성듬성 있는 산골 마을, 산골임에도 볕이 좋아 광대정이라고 불렸다. 다들 그렇게 알고 있으나 정확한 한자는 추측할 뿐이다. 이 멋진 이름을 공식적으로 쓸 일이 묘연해졌기 때문이다. 몇 해 전, 도로명 주소가 생겨났다. 전국 길에 도로명이 생기는 바람에 광대정 골짜기를 오르는 길에도 공식적인 도로명이 생겼다. 괴짜 귀농인들이 거리를 두고 사는 산골, 행정명 없이 '오당 마을 위에 광대정'이라 불리던 우리 마을에 길 이름을 딴 공식적인 명칭이 생겨났다. 산마을. 우리 마을 이름 짓는 날 공무원들은 너무 바빴던 것일까. 상상력이 고갈된 길 이름이 마을 초입에 걸린 날, 광대정이란 개성 있는 이름은 서서히 사라질 운명임을 감지했다. 정말 그랬다. 행정상 산마을이라 구획 지어진 후, 사람들은 우리 마을을 빛깔 없는 행정명으로 부른다. 당연지사다. 퇴비를 사든, 씨감자를 사든, 개밥을 사든, 모든 농업인 혜택은 이장을 중심으로 한 마을 단위로 내려온다. 학교에서도 우리 마을을 '산마을'로 분류하자 아이들은 산마을 아이들이 되었다. 시나브로 광대정이란 빛깔 있는 이름은 이제 나이 지긋한 노인들이나, 시장통 토박이들이나, 초기에 귀농한 이웃들이나 알고 있다. 부르지 않는 옛 이름은 구전 속으로 서서히 사라져 간다.

우리가 들어와 사는 동안 떠나간 이웃과 새로 들어온 이웃이 교차되며 마을 분위기도 사람 따라 변해갔다. 우리가 처음 산골살이를 시작한 불과 9년 전만 해도 마을에는 수세

첫해 광대정의 정월대보름
마을 어른, 아이 할 것 없이 모두 모여 풍물을 치며 집집마다 돌았다.
우리 집에 올라와서는 나의 순산을 빌며 한바탕 놀았다.

식 화장실보다는 생태 화장실이 더 많았다. 몇몇 이웃은 수세식 화장실을 금기시하는 생태적 진실을 발언하기도 했다. 그때는 산골 마을답지 않게 아이들도 많았는데 학교에 다니는 아이, 홈스쿨을 하는 아이들이 반반 정도 섞여 있었다. 학교에 다니건 안 다니건 동네 아이들은 오후가 되면 우리 집과 가장 가까운 이웃집 마당에 모여 놀곤 했다. 광대정 아이들 노는 소리가 산을 타고 메아리치면 내 주변에 사람이 살고 있다는 기척에 반가운 마음이 들었다.

산골살이를 시작하며 글쓰기를 시작했다. 날씨, 기분, 산골살이의 생경함, 떠나온 도시에 대한 그리움 등이 첫 가을 글들에 남아 있다. 이듬해, 봄을 맞이하고부터는 산골의 생기가 글을 통해 전해진다. 글들이 꽤 모이자 폴더를 만들었다. 폴더명은 광대정 일기. 한 해 한 해를 보내며 광대정 일기에는 수많은 내용이 담기게 됐다.

광대정에서 살며 우리는 자급자족을 실현할 수 있었다. 산골에 살아보니 그것은 식은 죽 먹기였다. 봄에는 나물 뜯어 먹고, 여름에는 밭에서 나는 거 먹고, 가을에는 산에 지천으로 달린 밤이며 도토리, 겨울에는 산에서 틈틈이 해놓은 나무를 때며 뜨끈한 구들방에 앉아 그간 수고한 몸을 쉬면 된다. 돈 쓸 일이 거의 없다. 우리는 산골에서 자본으로부터 독립한 진정한 아나키즘을 실현한다. 산골 아나키 만세!

이것은 우리의 가상 시나리오였다. 이러한 방향으로 삶을 추구하긴 했으나 현실과 이상이 완벽히 일치하는 지점이란 누구에게나 흔치 않을 것이다. 이곳에 정착하기 전, 실제로 이런 방식으로 사는 가족을 알고 있었다. 그들은 우리의 롤모델이었다.(엄밀히 말하자면 남편의 롤모델이었다.) 그 가족처럼 급진적이며 독립적으로 사는 데는 숙련된 기술과 몸에 익은 생활 습관이 필요했다. 남편은 철학과 마음은 앞서나 그리고 실제로 이렇게 살려고 꽤 노력했으나, 결정적으로 일머리와 경험이 부족했다. 나는 이런 삶의 방식에 감탄을 금하지 않으나, 동시에 내가 그렇게까지 살아야 할 이유는 없다고 생각했다. 인생은 어디까지나 즐거워야 하지 않을까. 그간 광대정 일기를 되돌아보니, 내가 할 수 있을 만큼을 초과하면 그 약간의 초과치가 나에게 스트레스와 번민으로 다가왔다. 과도한 금욕주의는 우울증을 동반한다. 그간 축적된 경험이다.

완벽과는 거리가 머나, 우리의 '삶의 방향'으로 합의된 '자급자족 실천'의 흔적은 광대정 일기 여기저기서 발견된다.(단 논농사를 지을 수 없어 쌀은 자급이 불가능했음을 밝혀둔다.) 봄에는 정말 고사리며 취 같은 나물을 많이 뜯었다. 취의 향을 좋아하는 나는 바로 데쳐서 나물로 무쳐 먹거나, 취 빵을 만들기도 했다. 고사리는 말려서 주로 다른 철에 해 먹었다. 5월 초가 되면 텃밭에 이것저것을 뿌리고 심는다. 그러고 나면 봄과 여름의 길목에는 작은 열매들이 달린다. 앵두에서 시작해 양앵두, 보리수, 오디가 지천으로 넘쳐나서 먹다 못해 잼을 끓인다. 여름이 되면 텃밭에 오이, 가지, 토마토, 호박, 고추 등 반찬거리가 쏟아진다. 산딸기, 복분자, 이웃집에 벌레 먹은 복숭아도 나온다. 8월 한 달은 진정으로 돈 거의 쓰지 않고 먹고살 수 있는 달이다. 차를 몰고 도시에 나가 콧바람을 쐬거나 해수욕을 하러 외지로 나가지만 않는다면 말이다. 가을이면 땔감을 준비한다. 배나무에 배가 영글고 대추나무에는 달콤하고 즙이 많은 대추가 달린다. 마땅한 날 토종밤을 주우러 산에 들어가면 쌀자루 하나는 채울 만큼 나온다. 밭에서는 김장 배추가 자란다.

자급자족의 백미는 아무래도 고기가 아닐까. 그간 우리는 고라니 고기를 많이도 먹었다. 산업적인 고기는 먹지 않는 남편도 고라니 고기라면 대환영이다. 꼬릿한 냄새가 나는 고라니를 맛있다고 먹는 남편은 진정 육식을 즐기는 자이고, 고기 본연의 향을 꺼리는 나는 탄수화물 광이란 사실도 새삼 깨달았다. 음식에 대한 진정한 취향이 야생 고기를 대하는 태도에서 드러난 것이다. 아이들도 쇠고기 이유식보다 고라니 이유식을 더 많이 먹고 컸다. 야생 고기에 대한 편견이 없는 이유기의 아기는 고라니를 잘 받아먹었다. 죽은 고라니가 아빠의 손에서 고기로 해체되는 과정을 본 아이들은 이젠 그 고기를 입에도 대지 않는다. 채식으로 전향할 수 있는 가장 좋은 방법은 살아 있는 동물이 고깃덩이로 해체되는 과정을 보는 것이다.

그러나 우리는 단 한 번도 고라니 사냥을 한 적이 없다. 로드킬을 당해 죽은 고라니를 수습했고, 아랫마을에서 덫에 걸려 다리 잃은 고라니들이 매번 우리 집으로 왔다. 마을 어르신께 왜 잡기만 하고 드시지 않느냐 여쭈면 "고라니 먹으면 재수 없어. 자네들 많이 먹어"라셨다. 재수 없는데 저희한테 왜 주세요, 라고 반문하면 "자네들은 그런 거 안 믿잖아. 먹어, 먹어. 몸에 좋아"라시며 해맑게 웃으셨다.

머리와 다리를 잘라내고도 한 마리의 고라니는 상당한 양이다. 냉동실에 쟁여놓은 고라니는 오랫동안 우리의 육류 소비에 일조한다. 나는 그닥 그 고기를 좋아하지 않지만, 냉동실에 고라니가 들어가 있으면 다른 고기도 사지 않게 된다. 정육점의 붉은 고깃덩어리에 손이 가지 않는다. 한 마리의 고라니가 고기로 손질되는 과정은 생동하던 생명이 느닷없이 죽어버린 애통함을 직면하는 순간이다. 내 감성에 스며든 그 장면은 마음 한구석에 오래도록 남는다. 그리고는 정육 판매대의 먹기 좋게 손질된 고기를 볼 때마다 미세하게 떠오른다. 초롱초롱한 눈망울과 펄펄 뛰던 다리를 한 고라니의 귀여운 자태가 썰어놓은 고깃덩어리에 오버랩된다.

산골 아나키스트의 달맞이

해가 좋은 날이면 밖으로 뛰쳐나가고 싶었다. 눈앞에 19인치 모니터와 오른손의 마우스를 박차고 나가 볕을 맞으며 싸돌아다니고 싶었다. 그러나 그럴 수는 없었다. 대신 다홍빛으로 펄펄 끓어오르는 용광로를 떠올렸다. 용광로에서 쏟아진, 녹은 초콜릿같이 걸쭉한 철물은 어두침침한 우주 공간에서 빛을 내뿜는 매혹적인 행성처럼 생산 라인으로 쏟아졌다. 그러고는 씹다 만 껌 혹은 방앗간 기계에서 나오는 가래떡처럼 쭉쭉 늘어나 고객이 주문한 규격의 철판으로 탄생하기 위해 다음 과정을 거쳐 갈 것이었다.

한때 철판을 팔았다. 철판뿐 아니라 코일도 팔았다. 수백 톤의 철판과 코일 등의 철강재가 내 손끝에서 처리돼 고객들에게 배달됐다. 가공된 철판을 배에 실어 외국으로 팔아치우기도 했다. 일은 대부분 9시부터 6시, 사무실의 내 컴퓨터에서 이루어졌다. 나는 외국계 철강회사에서 '영업'을 '관리'했다. 영업직이 발주한 철판은 내 손을 거쳐 본사 생산 라인 인트라넷에 투입됐다. 그리고 2~3개월에 걸친 생산, 선적, 입항, 통관, 운송 전반을 관리하는 일, 그것이 내 업무였다. 월말이 다가오면 한 달간의 영업 및 재무 현황을 본사에 보고했다. 본사의 현지 시간에 정확하게 맞추는 것이 무엇보다도 중요했다. 한국이 유럽보다 동쪽에 있으니 나로서는 8시간을 번 셈이었으나, 일이 많은 달에는 반대로 본사 시간에 맞춰 야근하기도 했다. 그 누구도 감히 마감 시간을 어길 수 없었다. 그렇게 나는, 복잡하게 돌아가는 거대한 기계 속에 작은 부속품처럼, 주어진 역할을 해나가며 그럭저럭 살아가고 있었다. 해가 좋은 날이면 밖으로 뛰쳐나가고 싶기도 했지만, 대신 해가 지지 않던 북유럽의 밤 그곳에서 보았던 스펙터클한 철판 생산 과정, 그때 묵었던 호텔, 쿨한 동료들, 어김없이 꼬박꼬박 들어오는 월급을 떠올리며 자리를 지켰다.

한여름의 점심시간이었다. 동료와 여의도 빌딩 숲 오솔길에서 커피를 마시며 키 크고 호리호리한 외국인이 걸어오는 걸 지켜봤다. 나와 동료는 관심 없는 척 커피를 홀짝이다 그가 지나치자 동시에 고개를 들었다.

"재는 뭐 하는 사람일까요?"

"이 시간 여의도랑은 정말 어울리지 않는다."

그랬다. 점심시간 여의도 직장인들 사이에 카키색 작업바지에 노란 티셔츠로 입고, 산타클로스처럼 풍성하게 기른

수염에 터번을 두른 것 같은 헤어스타일이라니. 게다가 표정도 여의도와 어울리지 않았다. 비범했다.

"전위 예술가 아님 도인道人같지 않아?"

"글쎄요"

"내가 보기엔 프랑스 사람 같아."

내 말에 동료는 대꾸했다.

"아니에요. 저런 루저loser 스타일은 미국에 더 많아요."

시답지 않은 의문에 결론을 내리지 못하고 우리는 사무실로 향했다.

가을이 왔다. 긴 추석 연휴의 어느 날, 불어 강사를 하는 친구와 친구의 원어민 동료를 홍대 앞에서 만났다. 같이 나오기로 했던 외계인(Certificate of alien registration, 에어리언 레지스트레이션, 외국인 등록증에서 유래)이 펑크를 냈다며, 잠시의 침묵도 용납하지 못하는 파리지앵, 에릭은 아는 외계인들에게 전화를 돌렸다. 몇 번의 허탕 끝에 에릭처럼 불어가 모국어인 한 외계인과의 만남이 성사됐다. 마침 홍대 근처에 나와 있던 그 외계인과 한 시간쯤 뒤에 만나기로 하고 우리는 시간을 때우려 노래방에 가서 실컷 노래를 불렀다. 기분이 한껏 고조됐다. 황금연휴에 청춘이 넘쳐나는 홍대에서 3차 나갈 준비 완료!

만나기로 한 카페 앞에 가까워지자 에릭이 말했다.

“저기 머리가 좀 이상한 남자. 바로 저 친구야.”

우리는 산타클로스처럼 풍성하게 수염을 기르고 터번처럼 머리를 묶은 남자에게 다가갔고, 동그랗게 둘러서서 한 사람씩 돌아가며 서로에게 비주Bisou, 프랑스식 인사를 했다.

산타클로스처럼 풍성한 수염을 기르고 터번처럼 머리를 돌려 묶은 그 남자가 지금 나의 산골 동거인이다. 그는 탈-자본주의 세상을 꿈꾸는 아나키스트로 자신을 소개한다. 산업적인 육류생산에 치를 떨며 학창 시절 채식을 시작했고, 쿠바를 제외한 전미全美 FTA 반대 운동, 대학 내 외국인 학생을 위한 등록금 투쟁, 원주민과 연대 활동 등의 사회 운동에 가담한 경력의 소유자. 대안-세계화 세력으로 자신의 정체성을 표방한 그는 체제와 가부장적 위계질서와 권위에 대항하는 반反문화에 심취하게 됐으며, 자본주의에 편승하지 않는 대안적 생활 방식에 이끌렸다. 그의 급진적 성향과 나의 자유로운 성향이 만나 상승 기류를 형성하며 구름처럼 산골로 떠내려왔다. “우리 정말 여기에 이렇게 살고 있어!” ‘일상의 혁명’을 이루어낸 것이라며 그는 짐짓 비장한 표정을 지었고, 나는 말장난을 하며 낄낄거렸다.

아나키스트임을 주장하는 남자와 사는 나에게 사람들은

종종 묻는다. 그럼 당신도 아나키스트인가요? 내 대답은 모호하다. 일단 나는 스스로를 '~주의자'로 정의하는 게 불편하다. 고작 사람의 머리로 만들어낸, 제아무리 완벽하다 한들 허점이 있을 수밖에 없는 사상이란 틀에 나를 끼워 맞추기란 영 어색하고 불편하다. 나는 나일 뿐. 다만 생활 철학으로서 아나키는 매력적이라고 생각한다. 아나키, 영어로는 Anarchy, 불어로는 Anarchie이다. 불어에서 -archie라는 접미사는 지배, 정부를 뜻한다. Hier-archy(하이라키)는 계급이나 위계를 의미하고, Mon-archy는 군주제를 의미한다. 그러니 어원을 분석하자면, 아나키An-archy는 지배에 반대한다는 의미를 품고 있다. 한국어로 '무정부주의'라고 번역하는데, 이는 아나키의 큰 의미를 반도 품고 있지 못한다, 라고 나는 생각한다. 타인의 자기 지배를 반대하는 사상이라는 점에서 나는 아나키에 매력을 느낀다. 그러나 그게 다는 아니다. 사전을 꼼꼼히 찾아보면 아나키에 혼돈, 무질서란 의미도 있다. 나는 상상한다. 하루아침에 질서가 무너진 세상은 어떤 모습일까? 사람 사는 세상이 언제나 그래왔듯 그리 아름답지만은 않을 것이다. 혼돈한 세상이란 나에게 폭력이 난무하는 상태를 연상시키며, 그런 곳에서 여자와 약자에게 닥칠 고난이 반사적으로 그려진다. 난 자유롭고 평화로운 게 좋다. 요컨대 아나키의 의미는 중의적이고, 그것의 실천이란 모호할 정도로 광범위하다. 그래서 나는 아나키를 긍정하고도 부정한다.

보름달이 뜬 어느 날 남편은 밤마실을 나갔다. 나는 잠든 아이들 사이에 누워 창문 너머 검푸른 산 위에 떠오른 노란 달을 바라봤다. 얼마나 시간이 지났을까. 남편이 들어왔고 나는 막 잠이 들려는 차였다.

"어디 갔다 와. 잠 안 자고."

"달 구경. 달 보며 소원을 빌었어."

"무슨 소원?"

"아나키 세상."

그의 대답에 비몽사몽으로 되물었다.

"그런 세상이 정말 오리라고 믿어?"

"믿어."

그의 낙관이 뜬금없다고 생각했지만, 나는 그에게 말해줬다.

"열심히 바라면 이루어진대."

그 순간 나는 진정 순수한 마음으로 남편의 바람이 하늘에 닿길 바라며 잠으로 침잠했다.

뱀과
무심하게

집을 나서려면 포장되지 않은 숲길을 따라 걸어 내려가야 했다. 맑은 날이 이어지는 봄 한 철, 가을 한 철, 땅이 단단히 굳는 시절에만 차가 덜컹거리며 올라올 수 있는 꽤나 긴 길이었다. 사정이 그렇다 보니 우리는 아예 차를 포장로가 끝나는 지점에 내려놓고 그 숲길을 걸어 다녔다. 우리 집은 성곽 없는 천연 요새, 마법에 걸린 공주가 유폐된 비밀의 성. 날이 좋으면 그 길은 시공을 초월한 공간이 된다. 깊은 산 속, 전봇대 하나 없는 그 길에는 어떠한 문명의 흔적도 찾을 수 없다. 초여름의 길가에는 오디, 산딸기, 복분자가 순차적으로 탄생했다 소멸해갔다. 아무도 찾지 않는 왕국에 오직 우리만을 위해 열매를 맺은 친구들이었다. 어린 왕자의 붉은 장미처럼, 열매들이 나에게 관심을 기울여 달라고 애원하는 것 같았다. 그래서 친구들의 아름다움을 감탄해주고 맛을 음미하다 보면 그 길에서 시간이 지체되곤 했다. 그러나 궂은 날이면 그 길은 아름답지 않았다. 길은 고난의 여정이었다. 연일 비가 내리는 계절이면 길은 진흙탕이 되어 내 인내심을 시험하곤 했다. 흙길은 여기저기 패이고, 미끄럽고, 나를 스친 주위의 풀들이 내 옷을 다 적셨다. 어쩌다가 외출이라도 한 추운 겨울밤에는 매서운 바람을 맞서며 불빛 없는 그 길을 올라야 했다. 나갔다가도 밤 되기 전에 돌아오는 습관이 생겼고, 겨울이 다가오면 짧은 해 지기 전에 돌아갈 생각에 마음이 바빴다. 길! 너는 나를 고립시키고 있어. 어떤 날은 길에게 따지듯 말했다.

시골살이는 풀과의 전쟁이다. 이 말을 나는 여러 번, 여러 사람에게서 들었다. 시골인에게 격언과도 같은 문장이다. '전쟁'이란 단어 선택이 썩 마음에 들지 않았지만 결국에 나도 이 말에 승복하고 말았다. 바야흐로 지천이 풀인 여름, 여름 중에서도 후덥지근하고 눅눅한 장마철이 되자 하룻밤에도 풀이 쑥쑥 자라났다. 집 주변이 온통 풀로 덮여버리자 우리는 풀 치기를 포기하고 말았다. 늦봄과 초여름 사이, 가장 아름다운 계절에 우리를 보러 오신 부모님은 풀 베라, 풀 조심해라, 풀독 오른다, 뱀 나온다, 집 주변에 풀이 없어야 한다, 라고 하셨다. 장마가 지난 여름 한복판에 다시 오신 부모님은 풀 치라는 잔소리가 가망 없음을 깨달으시고는, 그러게 왜 이런 데 이러고 사니? 라며 진심을 드러내셨다. 아쉬움을 뒤로하고 떠나시는 날에도 뱀만은 꼭 조심해라, 라고 간곡한 잔소리를 하셨다.

눅눅한 세상에 나의 기분을 더욱 눅눅하게 하는 존재가 있으니, 그건 뱀이었다. 집으로 올라오는 꽤 널찍하던 숲길은 딱 한 사람만 걸을 수 있는 오솔길이 되었다. 온통 풀숲이 된 길에서 나는 종종 뱀을 보았다. 살금살금 천천히 걸어라, 뱀이 도망갈 수 있게. 가을이 돼야 뱀독이 바짝 오른다, 지금은 물려도 생명에 지장이 없다. 길에 뱀이 있다는 나에게 산골 선배들이 해준 조언들이다. 나는 슬리퍼를 신고 살금살금 천천히, 뱀이 내 발밑을 피해 갈 수 있도록 시간을 내주며 세상으로 내려가는 오솔길을 오르락내리락했다. 그때까지만 해도 뱀이 특별히 싫지도 무섭지도 않았다. 게다가 나는 뱀띠가 아닌가. 그런 의미에서 나와 그들 사이에는 모종의 친근감이 형성될 법도 했다. 그러나 그건 뱀이 내 집 지붕 아래서 똬리를 틀고 있는 꼴을 보기 전의 태도였다. 숲길에서, 밭에서, 마당 저편에서 뱀을 만나는 것까지는 괜찮았으나, 어느 날 나는 내 집 처마 아래 댓돌에서 빳빳하게 마른 뱀의 허물을 보고 말았다. 화들짝 놀랐다. 이것들이 내 집 아래까지 쳐들어오다니. 그 이후 나는 구들 옆 댓돌 사이에 똬리를 틀고 앉아 몸 말리는 그놈을 보고 또 보았다. 인내심이 바짝바짝 타들어갔다.

그러던 어느 날 아랫마을 고추 할머니가 우리 집에 불쑥 들어오셨다. 우리 집 뒤로 심심치 않게 고사리 꺾으러 오시는 할머니는 우리 터의 옛 주인으로, 아랫동네로 시집와서 지금까지 쭉 사시는 토박이다. 한때 우리 집이 할머니의 밭이었으므로 우리는 할머니의 돌발 출현만큼은 이해하기로 했다. 장남 준다고 고사리 꺾으러 오신 날, 할머니는 구성진 목청으로 뱀에 물린 이야기를 풀어놓으셨다.

할머니 각시 시절, 우리 집 뒷산에 나물 뜯으러 풀숲에 들어갔다가 뱀에 발목을 물리셨단다. 발을 스친 뱀은 할머니의 발목을 있는 힘을 다해 물어뜯어 버리고는 자기도 옆에 나자빠져 기진맥진 생명을 다했다고 하니, 뱀의 팔자도 기구한 편이라. 하여튼 간에 뱀에 물린 할머니는 겨우겨우 마을까지 걸어 내려왔으나, 발목에서 퍼진 뱀독은 이미 다리까지 올라와서 퉁퉁 붓고 있었다. 할머니는 영감과 함께 그 옛날 신작로도 없는 이 산동네까지 택시를 불러 전 재산 20만 원을 들고 읍내 병원으로 달려갔으나, 그 시절 뱀의 해독제 값이 할머니의 전 재산 20만 원이었으니. 약값을 들은 영감은 기절초풍, 너무 비싸다며 할머니에게 해독제를 사주지 않으시고. 결국 읍내에서 면으로 돌아와 작은 병원으로 할머니를 옮기셨단다. 두메산골 작은 병원의 의사, 허벅지까지 퉁퉁 부은 할머니의 다리를 척 보더니, 마취도 하지 않고 발목의 뱀 물린 자국을 칼로 도려냈다. 칼날은 순식간에 지나갔으나, 기겁한 젊은 각시 할머니의 신음 소리는 이어졌다. 도려낸 부위에서는 도랑물처럼 거무튀튀한 핏물이 고름과 함께 이틀 날까지도 철철 흘렀단다. 그리고 계절이 바뀔 때까지 할머니는 시궁창 물을 발에 바르면서 안방 신세를 지셨단다. 창을 하듯 구성진 할머니 말솜씨에 몰입하다 보니 이야기는 결말을 향해 간다.

"근디, 뱀에 물리는 건 다 팔자여. 우리 영감도 사주에 뱀에 물릴 팔자라고 다 나와 있디야. 그래서 총각 적에 벌써 한 번 물렸어. 내 사주팔자에도 뱀에 한 번 물리라고 써 있었응께, 그렇게 된 것인 거여. 팔자는 피해 갈 수 없는 거여."

이렇게 말씀하시고는 할머니, 뒤돌아 홀연히 사라져 간다.

전래동화 같은 생생한 경험을 들은 이후부터일까. 게릴라처럼 여기저기 숨어서 나의 안위를 위협하는 기분 나쁜 놈들, 내 영역에 공생하는 뱀의 존재가 그림자처럼 나를 따라다녔다. 그러나 고작 할 수 있는 일이란, 뱀에 물릴 팔자가 아니기를 바랄 뿐.

역시나 눅눅한 날, 빨래를 걷으러 비닐하우스에 갔다.(욕실은 없고 비닐하우스에 수도가 있었다. 거기서 목욕하고, 빨래하고, 빨래를 널기도 했다.) 흙 밟지 않고 빨래 널려고 빨랫줄 아래 깔아놓은 나무 발판 아래, 뱀이 똬리를 틀고 가는 혀를 날름거리고 있었다. 이미 비닐하우스에서 몇 번 보던 놈이었으나 내 기척을 들으면 매번 멀리 가버리기에 그러려니 하고 지내고 있었다. 그러나 이번에는 다르다. 그는 바로 내가 자주 서서 빨래를 너는 그 발판 위에서 내 기척에도 꿈쩍하지 않고 혀만 날름대고 있다. 이놈이 날이 하도 눅눅해서 머리가 이상해졌나. 사람 보고도 도망가지 않게. 생각이 여기에 미치자 나는 바로 남편에게 소리쳤다.

"여기 뱀이 있어!"

남편의 직접 행동direct action을 바랐던 건 아니었다. 그냥 순간의 공포를 전했을 뿐이었는데, 남편은 삽을 들고 비닐하우스로 뛰어들었다. 그러고는 내가 말릴 새도 없이 단숨에 뱀을 두 동강이 내고 말았다. 가까이서 보지는 않았다. 그냥 멀리서 지켜보는 것만으로도 소름이 돋았다. 나는 다급히 현장을 피했다.

몇 분 후 집에 들어온 남편에서 뱀을 어떻게 했냐고 물었다.

"그놈을 닭에게 주었다."

웩, 웬 닭에게…. 다시 남편 왈,

"닭은 지렁이를 좋아하니 뱀도 좋아할 것 같아서 줬는데, 닭들도 두 동강 난 뱀 사체는 피한다."

아무리 닭이라고 한들 두 동강 난 무시무시한 뱀의 사체를 쪼아 먹고 싶었겠는가? 산에 방목된 반 야생 닭들은 본능적 감각이 뛰어날 텐데. 이삼 일이 지나고 남편에게 다시 물으니 닭들은 뱀 사체를 먹지 않았고, 결국 퇴비간으로 치워 버렸다고 했다.

이유야 어찌 되었든 뱀을 죽인 것은 유쾌한 일이 아니었다. 사실 우리보다 뱀이 더 우리 터의 토박이일 수 있는데, 결국 우리는 우리의 식민 영토에 들어온 순진한 원주민 뱀을 사살하고 만 것이다. 평소 남편식의 논리를 빌리자면 이런 설명이 가능했다. 북미에 정착한 유럽인과 원주민의 관계처럼. 고추 할머니의 말을 빌리자면 구렁이는 집터를 지켜준다고 하지 않는가.

그 일이 있고 난 어느 날 밤, 남편이 잠결에 비명을 질렀다. 악몽을 꾼 모양이었다. 이튿날 물어보니 꿈에 작은 뱀이 등장했단다. 작은 뱀은 남편을 물어버렸다. 평소에 겁이 없는 남편은 뱀에 물리고도 별 두려움이 없었으나 문제는 그 작은 뱀이 죽지 않고 남편을 계속 물어뜯었고, 심지어 분명 문을 닫고 방에 들어왔는데도 다시 앞에 나타나 또 물었다는 것이다. 전형적인 악몽이었다. 남편은 담담하게 말했지만 간밤에 내가 들은 비명에서는 분명 만만치 않은 공포가 전해졌다.

그날 우리는 면에 나가 백반을 만 원어치나 사 왔다. 지갑을 잘 열지 않던 그 시절 우리에게 백반에만 만 원 한 장을 다 써버린 건 대단한 투자였다. 우리 집 주변에는 무시무시한 양의 백반이 뿌려졌다. 제발 이 백반 냄새를 맡고 집 주변에 뱀이 출몰하지 않기를…. 어느 수풀에 우글우글 잘 살면서 내 눈에 띄지 않기를 바랄 뿐이다. 뱀과 무심하게 공생하고 싶다.

처마 아래 몸 말리기 좋은
밴이 출몰하는 그곳

집짓기는
밥짓기

돌연 집주인이 나타나 집을 내놨다. 우리는 이 터를 떠나기 싫어 덜컥 집을 사버렸다. 그리고 밤마다 어떻게 집을 고칠까를 궁리하며 몸을 뒤척였다. 목수 친구들을 만나고 다녔다.

집짓기가 시작된 지 두 달 남짓 지나며 남편과 나의 체력은 포물선 그래프처럼 곡선을 타고 있다. 7월이 되며 장마가 시작됐고 눅눅한 더위가 우리의 컨디션을 더욱 포물선 바닥으로 끌어 내리고 있다. 구들에 필요한 내화 벽돌 600장을 샀으나 비가 주룩주룩 오는 바람에 집으로 오르는 숲길로 차가 올라올 수 없었다. 남편과 친구 하나가 숲길을 오르내리며 벽돌을 등에 지고 외발 손수레로 밀어 날라야만 했다. 비에 흠뻑 젖은 채 등과 수레에 벽돌을 이고 나르며 빗소리에 맞짱이라도 뜨는 듯 소리쳐 노래 부르는 두 남자의 모습을 보니 안쓰러웠다. 노래는 힘든 것을 이겨보고자 하는 발악인가. 겨우 벽돌을 다 나른 후 모래를 파는 남편의 뒤태는 양어깨가 축 처진 것이 '오늘 정말 일하기 싫어' 하는 표정이다. 나도 눅눅함에 축 처지는 날이다. 한창 손이 가는 16개월 딸을 보면서 김치 하며 점심 준비한 것이 무리였는지 어깨가 무겁다.

집짓기는 나에게 밥짓기다. 아기 보며 일꾼들의 밥을 꼬박꼬박 한 지도 벌써 두 달 남짓이다. 오늘로 3일째 남편은 일꾼 두 명과 구들을 놓고 있다. 바쁜 남편에게 잠시도 아기를 부탁할 수 없어 부엌에서 밥하며 공사장에서 뛰노는 아기를 봐야 했다. 도마에 칼질하며 아기가 뭐 하고 노는지 연신 바깥을 내다보고, 정신없이 상을 차리며 아~ 힘들다, 라는 소리가 새어 나왔다. 장마철인지라 후덥지근한 날씨에 반찬을 많이 해놓을 수도 없으며, 냉장고는 사 놓은 식품들로 꽉 차버렸다. 새로 담근 김치를 넣을 공간을 꾸역꾸역 만들며 혼자 왈. "나 참 많이 늘었네." 내가 언제 밥을 이렇게 해본 적이 있던가? 집짓기를 시작하기 전 그런 일은 없었다. 그러면서 드는 생각. 대가 없이 얻어먹었던 수많은 밥상들이 이번 기회에 나에게 한꺼번에 돌아온 것인가. 밥상은 돌고 도는 것일지도.

나는 주로 밥을 먹는 입장이었다. 산골에 살림 차리기 전, 나는 누군가 해주는 밥을 별 생각 없이 얻어먹었다. 여기저기 귀농한 집으로, 집짓는 터로 친구들과 몰려다니며 밥을 얻어먹었을 때 그 댁의 누군가는 그 많은 손님을 위해 밥을 했을 터이다. 그 사실을 눈으로 보고 머리로 생각했을 뿐, 몸으로 마음으로 느끼지는 못했다. 아무리 소박한 밥상이라도 몸과 손을 놀려야 하는 수고스러운 일임을. 우르르 먹고 난 뒤 쌓였던 설거지는 누구의 몫이었던가. 미안하게도 그때의 나는 그 일에 큰 관심이 없었다.

한번은 한옥 짓던 구례 현장에 친구들과 내려갔다. 친구 목수가 일 끝내기를 기다렸다가 해가 지자 섬진강 바람 맞으며 잘도 놀았다. 현장에는 목수팀을 뒷바라지하던 언니가 있었는데, 그 언니는 별 생색도 없이 객식구들의 밥을 웃으면서 잘 챙겨주었다. 그리고 그날 밤, 술 한 잔에 멋들어진 노래까지 불러주었더라.

나에게 공밥을 많이 먹여주었던 산청 가족도 떠오른다. 우리를 산으로 인도한 그 가족의 집에 친구들과 툭하면 놀러 갔었다. 정말 밥이 맛있어요, 라는 덕담 몇 마디로 직접 농사 지어 차린 귀한 밥상을 잘도 받아먹었다. 밥 먹고, 차 마시며, 시간 가는 줄 모르고 수다 떨면서, 나는 그 가족이 젊은 우리의 방문을 마냥 즐겁고 신나게만 생각하는 줄 알았다. 그 집에서 밥 얻어먹으며 온수가 안 나온다는 이유로 혹은 우리가 떼로 몰려간 까닭에 굳이 내가 나서서 설거지 한 기억이,

부끄럽지만 나지 않는다. 산골에 살며 스스로 밥짓기를 하기 전까지는 그랬다.

집짓기를 결정할 무렵, 나는 어리석게도 집짓기가 나에게 밥짓기가 될 것임을 감지하지 못했다. 그저 불편했던 집에 욕실도 생기고, 방도 하나 늘리고, 단열도 하고, 동남향의 멋진 데크를 놓을 것이라는 계획에 들떠 나에게 돌아올 노동의 강도를 미처 알아채지 못했다. 친구 목수 2명이 5톤 차에 자재와 공구들을 들고 들어와 대패질을 시작하는 날, 비로소 나는 그것이 무엇을 의미하는지 알게 됐다. 인맥 좋은 대목은 공짜로 일해줄 인턴 목수가 올 것이라며 내게 운이 좋다고 했지만, 그의 출현으로 내 밥짓기에 입 하나가 추가됐다. 마름질을 시작한 며칠 뒤에는 작은 목수의 친구 부부가 텐트를 가지고 들이닥쳤다. 목수는 공짜 일손이 또 굴러왔네, 라며 호탕하게 웃었다. 목수는 정녕 밥 짓는 아낙의 수고를 몰랐던 것일까. 우리는 진정 운이 좋았던 것인지, 사람들이 하나둘 산골 흙집 짓기 현장에 모여들었다. 결국 나는 '육아 + 밥짓기'에 지쳐 쓰러질 지경이 되었다. 솔직히 고백하자면 그 지경이 되기 바로 직전, 히든 투수인 엄마에게 전화를 걸었다.

엄마가 나를 구원하러 오신 뒤 더 많은 사람이 우리 집에 몰려들었다. 목구조가 세워지고, 흙벽을 치는 기간에는 일손을 자처한 객들이 우르르 우리 집을 다녀갔다. 슬라브 지붕을 걷어내고 기와형 철판 지붕을 얹던 날, 집에는 사람들로 북적였다. 걷어낸 지붕에 나무판을 덧대고 그 위에 사람 손으로 흙을 던져 올려 단열 작업을 했다. 목수의 조무래기 아이들까지 동원되어 흙을 날랐고, 엄마와 나는 애를 보며 부엌에서 밥짓기를 해댔다.

3주 뒤 엄마가 떠나고, 난 홀로 부엌에 남았다. 밥 해줘야 하는 일손의 수도 줄었다. 내가 만든 음식 맛도 장담할 수 없었는데, 집짓기를 시작하고 두 달 새 요리가 많이 늘었다. 김치도 뚝딱 담가버리고, 오이도 맛있게 무치고, 감자조림도 간이 딱 맞는 것이 손맛이 제대로 자리를 잡는 중이었다. 집짓기 결과 내 밥짓기 실력이 늘었다.

집짓기, 밥짓기, 아기 돌보기가 그때 우리의 근황이었다. 그 외의 흥밋거리라면 날씨 정도? 내 보금자리를 직접 만든다는 것, 일손의 밥을 직접 짓는다는 것, 그리고 여기에서 뛰어노는 아기를 본다는 것. 삶의 기본을 남의 손에 맡기지 않고 우리 손으로 직접 해나가는 DIY가 막상 닥쳐보니 만만치 않았지만, 삶의 능력을 향상하는 가치 있는 경험이라 되뇌며 지친 나를 위로했다. 집은 업자에게 맡기고, 밥은 식당에 맡기고, 아기는 어린이집에 맡기고 우리는 우리의 보금자리

지붕 위 목수
지붕 아래 연령을 초월한 일꾼들

를 마련하기 위해 산 아래로 내려가 돈을 벌 수도 있을 것이다. 그렇게 하면 몸은 편할 것이다. 마음도 더 편할 수 있다. 경제적으로 따져도 수지맞는 일이 아닌 그 길을 우리는 선택했다. 집짓기 때문에 포기해버린 텃밭 농사로 인해 우리는 그해 먹거리를 결국 하나로마트에 맡기긴 했지만. 산에 살며 독립적으로 살아보자는 우리의 실험은 계속된다.

글을 빌려 오랜 세월 나에게 밥상을 차려준 엄마에게 고마운 마음을 전한다.

그해 겨울

"나 행복해."

남편은 뜬금없이 담담하게 저녁을 차리며 말했다.

"왜?"

나는 물었다.

"찬바람이 불고, 나무가 흔들려. 겨울이 오고 있어."

그해 겨울을 나는 잊을 수 없다. 우리에게 따뜻한 산골살이 역사가 시작될 것이었다. 늦봄에 낙엽송으로 골조를 세우고, 여름에 흙으로 벽 치고 지붕 고치고, 가을 내내 미장하고 화목 보일러를 깐 집에 불을 때니 더없이 안온하다. 바닥은 고르게 따뜻하고, 코를 시리게 하던 웃풍은 사라졌다. 게다가 온수가 나오는 욕실에, 욕실 앞으로 달아 낸 화장실의 톱밥 변기 앞에는 전기난로를 가져다놓았다. 그리하여 나에게는 산골에서 겨울 걱정을 하지 않아도 될 나날이 펼쳐질 것이었다. 새봄이 오면 두 돌을 맞이할 딸은 무럭무럭 자랐고, 같은 봄에 둘째 아이가 태어날 예정이었다.

그해 겨울은 유난히 춥고도 눈이 많이 내렸다. 지금 헤아려보니 내가 보낸 아홉 번의 산골 겨울 중 가장 혹독했던 해였다. 불과 현관문을 열었을 뿐인데, 한순간에 집 안의 온기를 앗아가는 매서운 겨울바람이 몰아쳤다.

12월 말부터 시작된 한파는 1월이 되자 더욱 그 기세를 더해 낮에도 수은주가 영하에 머물렀다. 삼한사온. 보통은 사나흘 춥다가도 다시 반짝 날이 풀리는 것이 우리 겨울의 미덕이거늘, 그해는 그렇지 않았다. 북극에서 내려오는 한류의 영향으로 길고도 혹독한 남편 고향의 겨울처럼, 낮 최고 기온 영하 5도, 최저 기온 영하 20도 안팎인 나날이 지속됐다.

남편은 한국에 산 이래로 처음 맞는 진정한 겨울이라며 만족감을 드러냈다. 내가 날씨를 원망하면 남편은 "이건 툰드라의 봄 날씨야"라며 나를 비웃었다. 영하 20도를 갱신한 겨울을 난 적이 있었던가 헤아려보니, 서울 살던 시절에는 날씨가 삶에 직결된 화제가 아니었으므로 정확한 기억이 없었다.

그해 겨울의 강설량은 수은주만큼이나 기록적이었다. 하늘에 구멍이 뚫린 것처럼 매일 눈이 내렸다. 마치 한여름의 장마처럼, 나날이 지속적으로. 때때로 기습적인 폭설이 내가 사는 세상을 덮쳤다. 매일 아침 9시, 골짜기에 듬성듬성 떨어져 사는 이웃들이 합류 지점인 마을길에 모여 밀대와 삽으로 눈을 치웠으나 폭설이 지속되자 이를 포기하기에 이르렀다. 내가 보낸 아홉 번의 겨울 중 유일하게 눈 치우기를 포기한 해였다.

눈이 올 때는 걸어 다니거나 차 대신 썰매를 타면 된다고 주장하는 남편은 내심 잘됐다는 표정을 지었다. "오늘 같은 눈은 정말 사람이 치우기 힘든 눈이야. 눈에 습기가 많아 끈적하게 붙어버리거든. 제설차가 있으면 모를까. 이누이트들은 눈의 성질에 따라 눈을 달리 부른다. 오늘 같은 눈은 뭐라고 부를까?"라며 태평했다.

남편과 달리 이웃들의 표정에서는 걱정이 엿보였다. 눈 치우기를 포기한 건 마을길에 차가 다닐 수 없음을 의미했다. 비교적 아래에 사는 이웃들이야 걸어서 오갈 수 있지만, 우리를 포함한 윗마을 주민들에게는 매일 걷기엔 꽤 긴 거리였다. 게다가 우체부도, 택배도, 가스배달도, 전기 검침도 불가능했다. 이웃 중에는 매일 출근하는 이도 있었으니, 마냥 넋 놓고 있을 일이 아니었다.

역시나 폭설이 내리던 밤이었다. 따뜻한 방바닥에 앉아

검은 밤에 하얗게 흩날리는 함박눈을 간간이 내다봤다. 그러던 중 갑자기 문명인이 사는 안락한 산골 집 안에 어둠이 들이닥쳤다. 정전! 초를 찾아 식탁 위에 켜고 둘러앉았다. 남편과 나와 내 무릎 위에 앉은 딸이 옹기종기 머리를 맞대고 미세하게 하늘거리는 노란 촛불을 바라봤다. 남편은 문명의 이기와 더욱더 단절된다는 것이 즐겁다는 표정.

그러고 있는데 우리는 한 가지 중요한 사실을 알게 됐다. 화목 보일러가 돌아가지 않는다! 화목 보일러의 순환 펌프는 전기로 작동된다는 사실을 우리는 망각하고 있었다.

그날 밤은 무척이나 추웠다. 방은 냉골이었고, 나는 이불을 몇 겹으로 뒤집어쓰고 딸을 껴안고 잤다. 바깥 온도는 알 길이 없고, 폭설은 산골을 다 집어삼킬 것만 같았다.

다음 날 아침, 심각한 표정으로 윗마을 사람들이 모였다. 마을 길 중간 지점에 서 있는 전봇대의 전선이 폭설로 끊어져버렸으나 마을길이 눈으로 폐쇄됐기 때문에 한전 복구 차량이 올라올 수 없는 심각한 사태였다. 간밤에 무슨 일이 있었는지가 오갔다. 실내 구들이 있는 이웃의 집에서는 정전으로 환풍기가 꺼지며 연기가 집 안에 가득 찼고, 결국 매서운 겨울밤에 창문을 활짝 열고 있어야 했단다. 심야 전기보일러인 집들도 냉방에서 자기는 우리와 마찬가지였다. 전기 공급

차단. 매서운 한파가 몰아친 겨울 산골에 큰일 났다!

다급해진 사람들은 여러 궁리 끝에 다른 마을에서 트랙터를 빌리고(우리 마을에는 트랙터 가진 집이 없다.) 거기에 제설용 바가지를 달아 눈을 치워버리자는 결론을 내렸다. 전기가 나간 뒤라 일은 일사천리로 진행됐다. 남자들은 트랙터 뒤를 졸졸 따라다니며 트랙터가 남긴 눈 부스러기들을 길가 밖으로 밀어냈고, 여자들은 한 집에 모여 점심을 준비했다.

오후가 되자 길에서 흰 눈이 사라졌다. 찌뿌둥 흐린 하늘 아래 긁어낸 상처가 남은 회색 콘크리트길이 마지못한 그 모습을 드러냈다. 길이 회복되자 이웃들이 장을 보러 차를 몰고 나갔다. 그 모습이 어찌나 부럽던지! 나도 차를 타고 산 아래 세상에 내려가고 싶었다. 헤아려보니 우리 차가 눈구덩이에 박힌 지도 3주가 다 돼가고 있었다.

트랙터로 눈을 치운 후로도 종종 눈발이 휘날리긴 했으나 큰 눈은 오지 않았다. 날씨를 보아가며 낮이면 차들이 조심조심 마을길을 오갔다. 그러나 트랙터를 돌릴 수 없다는 이유로 맨 꼭대기 우리 집 진입로에는 여전히 눈이 쌓여 있었고, 비탈길 눈구덩이에 박힌 후륜 트럭은 그 무거운 엉덩이를 꼼짝도 할 수 없었다.

사람 마음이 참 그랬다. 다 같이 못 나간다고 할 때는 그렇지 않았는데, 마을길 눈이 치워지고 이웃들이 차를 몰고 나가는 모습을 보니 부러움이 시기심으로, 자연스럽게 받아들이던 불편함에 원망이 번져갔다. 장을 본 지도 꽤 여러 날이 지났다. 매일 그 밥에 그 반찬이 지겨웠다. 먹물로 그린 수묵화처럼 담담하기만 한 세상도 지겨워졌다.

견디다 못해 우리는 장을 보러 집을 나섰다. 금방이라도 진눈깨비가 내릴 것 같은 날, 오래간만에 나서는 겨울 나들이였다. 남편은 배낭을 앞으로 지고 등에는 아기를 업었다. 나도 작은 배낭을 지고 만삭의 몸을 뒤뚱거리며 미끄러운 비탈길을 엉금엉금 걸어갔다.

그리하여 우리는 장을 보러 나간다는 것이 따뜻한 남쪽 나라 통영에 이르고 말았다. 불과 고속도로로 두 시간 남짓인데 전혀 다른 세상이 펼쳐졌다. 도로변에 야자수가 펼쳐지고 상록수 잎들은 윤기를 반들거리며 초록으로 빛났다. 아! 정말이지 세상은 빛났다. 북극의 이누이트가 따뜻한 남쪽 나라의 새로운 풍경에 반한 듯, 모든 것이 매혹적이었다.(우리는 실제로 기온이 영상인 통영에서 이누이트 복장을 하고 다녔다.) 우리는 햇볕을 맞으며 해안 산책로를 따라 걸었다. 반짝이는 쪽빛 바다에 눈이 아렸다. 산책로를 따라 걷다가 재래시장이 나왔다. 초록색 푸성귀에 붉은 딸기, 겨울 왕국의 시장에서는 볼 수 없는 것들이었다. 그냥 지나칠 수 없어 탐스러운 딸

아침이면 새 눈이 쌓여 있고, 창칼처럼 고드름이 달리던
아, 그해 겨울

기를 사서 아이 입에 넣어주고 나도 먹었다. 상큼한 초여름 맛이 입안에 퍼졌다.

뜨거운 아침이었다. 바다로 난 통창으로 내리쬐는 햇살과 단열이 잘 된 숙소의 실내온도가 맞물려 여름 아침과도 같았다. 일어나면 제일 먼저 온기를 얻으려 아무거나 끓여대는 산골의 차가운 아침과는 대조적이었다. 통영에서 밤도 묵었으니 슬슬 돌아갈 채비를 했다. 집까지 걸어서 오르려면 해가 떨어지기 전에 도착하면 좋은데, 통영에서 집까지는 대중교통편이 애매했다. 그렇게 가다가는 어느 길목에서 하룻밤 더 묵어가야 할 판이었다. 남편은 대중교통보다는 히치하이킹이 낫겠다고 했다.

"만삭에 아기까지 있는 너를 보면 잘 태워줄 거야."

별다른 대안이 없었기에 우리는 통영에서 버스를 타고 고성까지 가서 또다시 택시에 올랐다. 가장 가까운 고속도로 나들목에 내려달라고 청하니, 택시 기사는 의심의 눈초리로 우리를 흘끔거렸다. 어쨌든 대전 방향 고속도로 나들목에 내렸고, 2시간쯤 후 우리는 시속 130km를 밟으며 질주하는 에쿠스를 타고 덕유산 나들목에 내렸다. 승차감이 정말 끝내줬다. 야호. 히치하이킹 대성공.

그 덕분에 우리가 사는 면 소재지에 도착했는데 해는 아직도 중천이었다. 장을 보고, 두세 시간에 한 대꼴인 버스를 기다리고, 미끄러울 산길을 엉금엉금 걸어 올라가기만 하면 되었다. 그래도 우리는 발길을 재촉했다. 해 지기 전에 돌아가 동태처럼 꽁꽁 얼어버렸을 집에 불을 때야 했으므로.

산딸기가 부른다

나를 먹어줘.
너를 먹어 달라고?
나를 먹어줘.
왜 너를 먹어야 하지?

장마철, 산 길가에 열매 맺은
붉은 산딸기 하나
날 부른다
외떨어진 작은 넝쿨에 홀로 맺혀
아님 홀로 남아버린 붉은 너
날 잡아 부른다

이제 곧 비바람이 칠 거야.
그럼 거친 빗방울에 내 붉은 살은
빛을 잃게 되고
맛도 잃게 되고
아무도 나를 거들떠보지 않겠지
땅에 떨어져 뭉그러지겠지

아 허망해
내가 어떻게 피어난 딸긴데
이 붉은 열매를 맺으려
이른 봄부터
온 기운을 다 쏟았었어.

나를 먹어줘.
난 네 몸을 거쳐
다시 세상에 나가
다른 생生으로 순환할 거야.

내 손을 뻗어
붉게 익은 너를 따서
마침내 입에 넣었다
시큼한 맛 끝에
있는 듯 없는 듯 감도는 아리송한 단맛만이
너와 나 사이에 남아버렸다

2장

손님 열전

소쩍새 노래하는
광대정 골짜기로 오세요

유목민의 피

산골집에 손님이 찾아왔다. 겨울 문턱의 짧은 해가 지고 이미 어둠이 내린 시간, 낡고 커다란 배낭을 짊어진 사내가 집에 들어섰을 때 나는 저녁 준비로 정신이 없었다. 부엌을 정리한 뒤 한숨을 돌리고 사내의 얼굴을 자세히 뜯어보니 행색과는 대조적으로 희고 팽팽한 피부, 제주 바다처럼 파란 눈동자가 내 눈에 들어왔다.

그는 하루 예산 만 원을 가지고 세계를 여행한다. 그러니 한 달이면 대략 30만 원, 일 년이면 360만 원쯤을 쓰며 이십 대 초반부터 삼십 대 중반을 넘어선 지금까지 지구상을 떠돌고 있다.(단 나라와 나라를 이동할 때 드는 비행기와 뱃삯은 제외이기 때문에 가끔 고향에 돌아가 버섯 따는 일로 목돈을 마련한단다.) 10년째 예산을 수정하지 않은 그에게 단돈 만 원이란 하루 예산이 빡빡하지 않으냐고 묻자 그는 하얗게 웃으며, 하루 만 원으로 교통비, 식대, 숙박을 다 해결하는 것이 점점 더 어려워지긴 한다고 고백한다. 10년 전이라면 이 돈으로 중국 정도의 나라에 가면 호사스럽게 지낼 수 있었는데, 친구들에게 밥도 사며 말이야, 라고 덧붙이며.

처음에는 하루 예산 만 원으로 어떻게 장기 여행이 가능할까, 의아했다. 그러나 그가 일주일간 우리 집에 머물면서 그 궁금증은 해소됐다. 숙박은 주로 인터넷 여행자 커뮤니티인 카우치서핑couchsurfing.com이나 아나키스트 공동 공간 또는 오랜 방랑 생활로 인연을 쌓은 지인들 집에 신세를 지고, 비행기나 배를 타야 하는 거리 외에는 주로 히치하이킹을 하며, 배고플 때마다 한 줌의 견과류나 과일을 먹는다. 그는 완전 채식주의자로 육류를 비롯해 우유, 계란, 치즈, 버터, 멸치 국물조차 먹지 않기 때문에 식비는 많이 들지 않는다. 그의 배낭에는 숙소가 해결되지 않을 만약의 경우를 대비해 일인용 텐트와 종이 박스가 들어 있다. 종이 박스는 침낭 아래 매트처럼 사용하는데, 손쉽게 얻고 버릴 수 있어 참 용이하다고 한다.

이렇게 그는 이십 대 초반부터 서른 중반이 된 지금까지 세계를 여행하고 있다. 아프리카를 뺀 대부분의 땅, 북남미, 오세아니아, 유럽, 러시아, 중동 그리고 광활한 아시아 대륙의 꽤 구석구석까지 그의 발길이 닿았다.

식사 시간이 되면 그는 먼 길 못 떠나고 잠시 엉덩이를 붙인 나그네가 자기 터전에 묶여 있는 사람들에게 모험담을 털어놓듯 여행담을 늘어놓는다. 그의 여행담 중 가장 인상 깊었던 곳은 파키스탄이다. 파키스탄 북부 히말라야와 맞닿는 곳. 세상에서 두 번째로 높은 산인 K2 인근 지역. 그는 노트북을 열어 거기서 찍은 사진들을 불러왔다. 사진에는 꿈에서나 볼 것 같은, 현실을 왜곡한 듯한 기하학적 형상의 검은 암산巖山이 펼쳐졌다. 파란 하늘에 흰 구름을 배경으로 원뿔 여러 개를 붙여놓은 것 같기도 한 산들은 때론 피사의 사탑처럼 살짝 기울어 있어 이국적이다 못해 초현실적 분위기를 자아냈다. 이를 배경으로 한 한적한 도로에는 그에게 차를 태워주었던 소박한 행색의 남자들과 천진하게 웃는 아이들이 있다.

그는 갑자기 눈을 반짝거리며 그곳의 버스 사진들을 찾았다. 버스 여러 대가 제각각 붉은 바탕에 알록달록한 색색의 천으로 장식돼 있었다. 붉은 한복 치마에 색동저고리를 떠올리는 색감 때문인지 익숙한 느낌이 들었다. 티베트 불교의 분위기가 나기도 했다. 여행담이 무르익자 그는 재미있던 일화를 풀어놓는다. 그 땅의 여자들은 일자 눈썹을 가져야 미녀로 간주된다고 한다. 세계화된 자본주의 미디어에 노출되지 않은 순박한 매력의 여인들이 진한 아이브로우 펜슬로 일자 눈썹을 그린 모습을 상상하니 보지 않아도 웃음이 새어 나왔다.

불행인지 다행인지 산업화되지 않은 경제 덕분에 그곳 사람들은 전통 방식대로 단순하게 먹고 산단다. 척박한 산악지역에서 생산되는 곡물을 가루 내 구운 빵과 차가 주식인데, 다른 먹거리가 많지 않기 때문에 끼니때마다 거의 같은 식사를 한단다. 이들의 맛의 세계는 참으로 단순할 것이다. 비단 맛의 세계뿐이랴. 삶 전체에 단순함이 깃들어 있을 것이다. 현실을 압도하는 산의 정기를 받아 마음에는 자연에 대한 경외감이 깃들어 있을 것이다. 그것은 평화를 닮지 않았을까.

10년을 넘게 떠돈 그에게 그곳 사람들이 특히 기억에 남는 이유는 순박한 그들이 과하게 친절했기 때문이라고. 그곳 사람들은 이방의 여행자인 그를 보자마자 아이처럼 천진한 미소를 지으며 노골적으로 호기심을 드러냈고, 서로 앞 다투어 자기 집으로 초대했다고 한다. 알고 보니 그곳에선 집에 손님이 오면 복이 온다고 믿는단다. 사우디아라비아에는 '손님이 오지 않는 집은 천사도 오지 않는다'는 속담이 있다. 이 속담이 전하는 바는 우리에게도 그리 낯설지는 않다. 산업사회 이전에는 길 떠난 나그네를 환대하는 문화가 인류 보편적으로 존재했음을 새삼 깨달으며, 그곳에 아직 그런 전통이 남아 있다니 마음이 푸근해졌다.

길고 길었던 저녁 밥상이 그의 세계여행기 파키스탄 편과 함께 마무리될 때쯤 그는 갑자기 근심 어린 표정을 지었다.

무슬림에도 수십 가지의 종파가 있다며 그는 알고 있는 종파를 손가락으로 세며 열거하기 시작했다. 손님을 맞이하고 성의껏 대접하는 것이 인류 보편적 문화이듯, 종교 내 종파 간의 갈등 또한 모든 종교를 막론한 인류 보편적 특징인 것이다. 그는 히말라야 고산지대를 사이로 동서양의 경계이자 세상의 끝이라 불리던 그곳을 한동안 여행할 수 없을지도 모른다고 말했다. 이슬람국가IS의 출현으로 아프가니스탄과 인접한 파키스탄 북부의 정세는 불확실하다고. 문득 보지도 못한 순박한 사람들의 안위가 걱정됐다. 세상의 끝이라 불릴 정도로 산이 험한 곳이기에 산 너머 저쪽 세상의 악다구니에 휘말리지 않기를, 그들의 안녕을 기원한다.

살다 보니 어쩌다가 세계를 여행하는 사람을 여럿 만났다. 내가 만난 장기 여행자들의 특징은 소유에 별 관심이 없다는 것이다. 곰곰이 따져보면 소유란 얼마나 거추장스러운 일인가. 소유물이란 신경 써서 지키고 관리해주어야 한다. 떠나는 날, 갈 길이 먼 그의 배낭에 먹을 것이라도 넣어주려다가 그마저도 내키지 않았다. 인연이 닿은 곳에서 만날 새 인연은 그에게 편한 잠자리와 배불리 먹을 수 있는 음식을 줄 터인데 무엇이 더 필요할까.

일주일간 우리 집에 머물다 떠나는 날, 우리는 그를 고속도로 휴게소까지 배웅했다. 고속도로 휴게소는 다음 목적지로 가는 히치하이킹을 가장 손쉽게 할 수 있는 곳이다. 11월 하순, 추적추적 비가 내리는 날이었다. 휴게소에 도착하자 병풍처럼 둘러싼 산에는 때 이른 눈이 하얗게 휘날렸다. 그가 다시 기워 붙인 커다란 배낭을 어깨에 지고 히치하이킹을 하기 위해 목적 도시의 이름을 쓴 푯말을 드는데 나는 왜 눈물이 났던 것일까.

궂은 날 집 없이 떠도는 이에 대한 막연한 연민이, 나는 들었다. 떠돌아야 행복한 유목민적 운명에 대한 정착민의 유전자가 강한 나의 오지랖 넓은 감정이었다. 우리는 다음에 보자고 인사했다. 살뤼Salut. 그는 한국에는 다시 오지 않을지도 모르니 그를 보기 위해선 다음엔 우리가 이국 여행길에 올라야 할 것이다.

양심적인 너를 추억하다

무엇이라도 다 말려버릴 볕 좋은 가을날이 이어지고 있었다. 마무리 덜 된 흙벽에 미장하기 딱 좋은 나날이었다. 남편은 미장만큼은 스스로 하고 싶다며 지난 계절 바쁜 틈에도 일주일간 흙건축 워크숍에 다녀왔다. 그러나 증축한 집 전체 외벽을 홀로 미장하기란 생각보다 시간도 품도 많이 들었다. 남편은 미장용 흙을 사지 않고 집 주변에서 퍼 온 황토와 모래를 섞어 직접 반죽을 만들었다. 황토, 모래, 물의 비율을 맞춘 후, 장비 없이 삽으로 그것을 균질하게 섞는 일만도 꽤 시간이 걸리는 몸 노동이었다. 이런 핑계로 남편은 집에 오겠다는 사람을 다 환영했다. 사람 좋아하는 남편과 가끔은 또래의 젊은 사람이 그리운 나는 바쁜 가을의 어느 날, 남녀 커플과 임산부와 유아 둘 딸린 엄마로 구성된 비숙련 미장 인력단을 받기로 했다.

드디어 미장 인력단을 가장한 친구들이 외진 산골집에 도착했다. 나, 남편, 두 살배기 딸, 매일 이렇게 셋이서 마무리 작업을 하던 산골집이 떠들썩해졌다. 우리 딸은 네 살짜리 언니가 와서 신이 났고, 임신 중기의 친구는 배고프다며 밥통을 뒤지고, 알뜰살뜰 사람 잘 챙기는 언니와 그녀의 애인은 코스트코를 쓸어 담은 커다란 아이스박스를 날랐다. 그러는 와중에 못 보던 얼굴 하나가 눈에 들어왔다. 흡사 치마처럼 보이는, 아랫단이 풍선처럼 부푼 바지를 입고 온 앳된 남자였다. 유난히 얼굴이 희던 남자는 성큼성큼 다가와 고른 치아를 드러내며 선한 미소를 짓더니 나를 꽉 껴안았다. "반가워. 얘기 많이 들었어." 임신 7개월의 불러온 배가 잠시 그의 몸에 눌렸다.

은성. 이름이 낯익었다. 만나보지는 못했지만 이름은 알고 있던 친구다. 2년 전쯤 입소했다는 소식을 들었던, 이름만 알던 친구. 군대 대신 감옥을 선택한 은성은 바로 1주일 전에 출소한 몸이다. 병역필이란 대한민국 남자의 도장 대신 빨간 줄을 선택한 '양심적' 친구가 불합리한 형벌을 끝마치고 친구들과 모여 볕 좋은 가을 여행을 왔으니 얼마나 좋았겠는가. 사연을 듣고 보니 은성의 새하얀 미소가 절로 이해됐다.

임산부 친구와 유아를 동반한 친구, 오자마자 부엌으로 들어가 나 대신 밥을 도맡아준 언니를 빼니 은성만이 변변한 일꾼이었다. 은성은 일을 잘했다. 아니 열심히 했다. 오랜만에 모인 여자들이 애들 보며 요리하며 부엌 근처에서 수다 떠는 내내 은성은 있는 힘을 다해 삽으로 육중한 미장 반죽을 섞었다. 잡일꾼이 생긴 남편은 곱게 갠 반죽으로 파운데이션을 얼굴에 펴 바르듯 정교하게 벽을 화장했다.

내 밥짓기 수고를 덜어준 언니 덕분에 친구들이 몰려왔는데도 부담이 없었다. 결혼 전 남편과 동거인들이 살던, 매일 저녁 기습 파티가 열리던 남산 집에서 놀던 때처럼 나는 마냥 즐거웠다. 밤이 되자 구들 땔감으로 마당에 모닥불을 폈다. 땔감 말고 화장실 휴지를 태우라는 농담 반 진담 반의 내 말에 친구들도 농담 반 진담 반으로 인색한 나를 비아냥거렸다. 내가 땔감의 귀중함을 역설하는 와중, 아랫집 이웃과 옆마을 언니가 들어섰다. 우리 친구들을 보러 온 이웃과, 아이가 왔다고 또래의 아들을 데리고 온 언니였다. 조용하던 산골의 가을밤에 기타와 노래 소리가 울려 퍼지고 불꽃과 이야기꽃이 폈다.

다음 날 아침, 차디찬 거실 바닥 유아용 매트에 은성이 홀로 이불도 펴지 않고 베개도 베지 않고 새우처럼 등을 구부린 채 모로 누워 자고 있다. 간밤에 놀다가 구들방에 자는 여자들과 아이들만 챙기고 은성에게는 이불도 주지 않았던 것인가. 내심 미안한 마음에 그제라도 이불을 갖다 덮어주었다. 늦게 일어나는 산골 해가 동산東山에서 떠오르자 거실의 파티오 창문 사이로 아침 해가 들어와 실내가 훈훈해졌다. 친구들이 주섬주섬 방에서 나왔고, 거실에서 자던 은성도 일어나 앉았다.

"이불도 없이 자게 해서 미안해."

"괜찮아, 언니. 이 정도면 천국이지."

"천국? 이불 없는 천국도 있니?"

"옆에 아무도 없이 이렇게 혼자 자는 게 천국이지. 빵에서는 벽 옆에서 자는 게 제일 상석이다. 옆에 사람이 아니라 벽이 있다는 게 얼마나 좋은 건데. 사람들하고 다닥다닥 붙어서 자는 게 빵 생활 중 제일 힘들었다."

나를 언니라고 부르는 은성은 아침잠이 깨자마자 별 이야기를 다 한다.

"너는 왜 군대 대신 감방 갔니?"

이런 질문은 너무 상투적이라 하지 못했다. 은성이 대학 시절 평화 운동을 했다는 것과 파병에 반대하며 인간 방패띠를 만들려 이라크에도 가고 팔레스타인에도 갔었다는 것, 활동하던 팔레스타인 마을에 폭탄이 터지고 탱크가 들어오며 은성의 마음에도 죽음의 공포가 탱크처럼 밀려들었다는 이야기 등은 이후에 차차 듣게 됐다. 겨울을 향해 질주하던 늦가을, 미장을 끝내고 천장 도배를 할 무렵이 되자 은성이 우

미장하는 사람들, 기타치고 노래하는 사람들, 흙장난하는 아이들
모두 함께, 놀자!

리를 다시 찾아왔기 때문이다. 저번과는 다르게 은성의 패션 감각은 한층 더 세련돼졌다. 도배를 하러 온 사람 같지 않게 딱 붙는 빨간 바지에 유행하는 후드 티셔츠, 한쪽 귀를 뚫고 귀걸이까지 하고 왔다. 말투는 더욱 시니컬해졌다. 미장하러 왔을 때 순수한 미소년 같았다면, 도배를 하러 온 이번에는 잘 노는 대학생처럼 변해 왔다. 은성을 알아가며, 은성의 원래 모습이 후자에 가까웠음을 알게 됐다. 몇몇 지인들을 통해 은성이 인간 방패 선봉에 섰던 투사로 운동판에서 꽤 유명했다는 것과, 숨길 수 없는 매력을 발산하며 인기가 많았다는 것 등도 주워들었다. 만나볼수록 은성은 다정하지만 시니컬하며 순하면서도 매서운 강단이 있는 자기 색깔이 뚜렷한 사람이었다.

이제 직업인이 된 은성에게선 그 가을 내가 보석처럼 발견했던 동화 속 소년 같은 분위기는 온데간데없다. 양어깨에서 흰 날개가 솟아날 듯 광채가 나던, 감옥에서 미백한 하얀 얼굴의 은성은 내 머리 구석의 하드 드라이브, '2010년 가을 미장' 폴더에만 존재한다. 아주 가끔은 은성을 본다. 그도 나도 가족 건사하며 밥 벌어 먹고살아야 하는, 중년을 향해가는 생활인의 얼굴을 하고 있다.

딸기는 우리 곁에

우리는 온다는 손님들에게 단서를 단다.

"우리 집엔 아이들이 많아요. 아이들을 좋아하지 않는다면 오래 버티기 힘들 거예요."

성가신 아이들이 꺼려진다면 우리 집 손님으로서의 필수 조건을 충족하지 못하는 셈이다. 그런 면에서 딸기는 조건을 갖춘 손님이었다. 딸기는 아이들의 진정한 친구였다. 물론 처음엔 남편만의 친구였다. 지난봄, 서울의 한 독립영화제에 다녀온 남편은 자신과 비슷하게 생겨서 마치 친동생 같다는 남자 이야기를 꺼냈다. 그래? 궁금하네. 그때 나는 단순히 딸기의 생김새가 궁금했을 뿐이었다.

계절이 바뀌고 삼복더위가 찾아왔다. 여름이면 어김없이 손님이 들이닥치곤 하는데, 아이를 하나 더 낳은 그 여름에는 정말이지 투숙 손님을 받을 여유가 나에게는 없었다. 밤이면 자주 깨는 갓난아기도 그렇고, 아이들과 다 같이 한방에서 자기가 곤란해져 거실이 큰 애들의 방이 돼버린 것도 그 이유 중 하나였다. 그런 상황임에도 남편은 봄에 만난, 동생처럼 생겼다는 남자가 방문 의사를 밝혔다고 운을 띄웠다. 일단 내 궁금증을 자극하는 전략으로 방문객의 일박을 승인받은 남편은 남자를 초대했다.

남자가 오는 날, 나는 남편에게 그의 이름을 물었다. 가루 프레즈야. 가, 루 프레즈??? 정말 이상한 이름이었다. '가루'라는 이름도 흔하지 않지만, 성이 '프레즈'라니. 프레즈는 불어로 딸기라는 뜻이다. 이름이 어떻든 간에 땡볕이 내리쬐는 8월의 하오, 남편과 비슷하게 생겼다는 딸기라는 남자를 데리러 버스터미널로 향했다. 터미널에 도착하자마자 나는 한눈에 그를 알아봤다. 남편과 비슷해서가 아니라 텅 빈 터미널에 외국인 혼자 덩그러니 앉아 있었기 때문이다. 나는 그의 얼굴을 뜯어봤다. 프랑스계 코카시안이라는 민족적 유사함은 있었지만 남편과 그리 닮지는 않았다. 큰 키에 마른 몸 정도가 비슷할라나?

"안녕, 가루 프레즈."

그를 차에 태우고 나는 다짜고짜 이름이 왜 딸기냐고 물었다. 수줍음이 많은 편에 목소리도 작은 그는 딸기라는 이름에 대해 별다른 해명을 하지 않았다. 단지 확실한 것 하나는 딸기는 가명이라는 것이었다. 도통 먼저는 말을 꺼내지 않는 딸기에게 내 쪽에서 먼저 이런저런 질문을 던지는 사이 집에 도착했다. 주변을 빼곡하게 채운 짙은 녹음으로 더욱더 깊은 산속 외딴곳이 돼버린 우리 집을 둘러보면서도 그는 마치 여기가 처음이 아니라는 듯 어떠한 반응도 없었다. 다행히 딸기를 기다리던 말 많은 남편은 나와 바통을 터치하고 딸기와의 대화를 이끌어갔다.

나와 있으면 침묵을 지키던 딸기는 다섯 살 난 아들과는 말을 잘했다. 어딘가 아빠와 비슷하고 아빠 말을 하는 아저씨가 친밀하게 느껴졌던지 아들은 딸기를 잘 따랐다.

"아이들과 잘 놀아주네."

내가 그렇게 말하자 딸기는 벨기에에서 아이들과 놀아주는 봉사를 했다고 대꾸한다. 그렇구나. 그는 정말 어린아이와 잘 놀았다. 그는 아이들이 '어떤 존재'인가를 알고 있는 것 같았다.

딸기는 손이 야무졌다. 과일 하나를 깎아도 정성 들여 작품을 완성하듯 접시에 담았다. 부침개를 부쳐도 동그랗게 뽀대가 났고, 설거지를 한 번 해도 남자 손님 같지 않게 깔끔하게 마무리했다. 그는 무엇을 하건 침묵의 아우라 속에서 골몰하듯 집중했다. 저녁을 먹고 어둠이 내리면 딸기는 부엌 옆 작은 골방에 들어가 문을 닫았다. 불을 밝히는 날도 있었고, 일찍 끄는 날도 있었다. 어쨌든 한 번 문을 닫고 들어가면 결코 나오는 법이 없었다. 아이들과 잘 놀아주고, 제법 깔끔한 살림 솜씨에, 하루 일과가 마무리되면 작은 방으로 들어가 버리는, 게다가 말도 많지 않은 딸기는 우리에게 완벽한 손님이었다.

그런데 딸기는 벨기에에서 뭐 했어? 나의 질문에 딸기는, 여러 가지, 라고 짧게 대답했다. 말이 길지 않은 그를 나는 좀 더 추궁해야 했다. 어떤 일? 예를 들면?

"목수일도 하고, 농사일도 하고, 여행도 하고, 여기저기에 살았어…. 특히 목수일에 관심이 많아. 돌아가면 프랑스에서 전통방식으로 집 짓는 장인 목수에게 일을 배울까 해."

딸기는 대학에 가지 않았다. 성년이 되어서도 제도권의 연장선상인 대학에서 시간을 보내고 싶지 않았다. 대학에 가지 않겠다는 그의 결심에 부모님의 반응은 회의적이었다. 부모님 왈, 네가 대학에 가지 않아서 받지 못하는 교육 수당 3,600유로를 먼저 우리에게 갚아라. 벨기에에서는 자식이 대학 교육을 받을 때까지 교육 수당이 지급되는데, 그의 부모는 가방끈이 짧은 아들 때문에 받지 못할 수당을 미리 계산해 그에게 청구했다. 물론 그 금액은 아직도 미지급 상태라고 한다. 이렇게 부채를 짊어지고 부모 슬하를 벗어난 그는 고등학교 졸업 후 터키를 여행했고, 동지들과 스쾃(Squat, 오랫동안 비어 있는 집을 점거하여 주거지로 삼는 운동)에서 공동체를 꾸리며 살기도 했다. GMO 실험 감자밭에 유기농 감자를 던지는 프로젝트에 가담하였으며, 벨기에나 프랑스 등지의 투쟁현장과 여기저기 농장을 돌아다니기도 했다.

그가 거쳐 간 곳 중에 자드ZAD(Zone à Défendre, 지켜야 할 구역)라고 불리는 곳이 있다. 파리에서 2시간 정도 떨어진 낭트 인근에 40년 전부터 계획된 신공항 프로젝트가 있는데, 몇 년 전부터 점점 많은 사람들이 그곳에 모여들어 공항 건설에 반대하는 투쟁을 하고 있었다. 이 프로젝트를 진행하기 위해 정부가 암암리에 매입한 집들은 계획이 지연되면서 오랜 세월 빈집으로 방치되었고, 각지에서 모인 투쟁가들은 방치된 집들을 '가꾸며' 산다고 한다. 그들은 집을 수리하는 것은 물론이고, 심지어 법적 소유가 불가능한 그 땅에 새집을 짓는 이들도 있다고. 고무적인 것은 그가 그곳을 떠날 무렵 끈질긴 투쟁의 성과로 신공항 프로젝트가 법적으로 취소 위기에 몰리게 됐다고 딸기는 미소를 지으며 전했다. 나무와 돌담으로 구획된 그 지역 전통방식의 농토는 당분간 사라질 위기를 모면한 것이다. 그러나 아직 완전 백지화가 된 것은 아니어서 여전히 집회가 열리고 있으며, 지난겨울(2015~16년)에는 전국 각지에서 온 6만 명이 넘는 사람들이 그 외진 시골에 모여들었다고 한다. 그 소식에 나는 우리 주변의 현장들이 떠올랐다. 대추리, 강정, 용산, 밀양, 그리고 최근 성주까지…. 이들의 공통점은 강권에 의해 자신의 터전을 떠나야만 했던,

혹은 삶을 방해받은 이웃들이 투쟁했던(하는) 곳이다. 정부는 공권력을 동원해 사람들을 무자비하게 터전에서 밀어내고 군사기지, 뉴타운, 고압 송전탑을 건설하고 있다. 딸기의 자드 소식을 들으며 우리에게도 프랑스 낭트에서처럼 '권력'이 아닌 '사람'의 승리가 전해지길 기원한다.

투쟁 현장에서 만난 인연들은 아직도 가끔 딸기에게 연락한다고 한다. "딸기, 여긴 독일 국경 근처 ○○인데, 고속철도 프로젝트에 반대하는 농성장이야. 사람이 부족해. 올 수 있니?" 그러나 딸기는 지금 유럽에 없다. 한국의 알프스, 자연의 나라 무주에서 우리 아이들과 놀아주고 있다.

터전을 지키고픈 사람들.
현수막에 '우리의 공동체, 우리의 선택'이라 쓰여 있다.

* 에세이의 마무리 작업 중 ZAD의 소식이 전해졌다.
2018년 1월 17일 공항 건설계획이 완전 백지화됐다.
개발사업에 맞선 끈질긴 투쟁이 승리를 거둔 것이다. 투쟁!

너희들은 참 좋겠다

아이들이 있는 집에 대세 손님은 아무래도 아이들이다. 초등학교 1학년인 첫째가 학교에서 돌아오는 시간이 되면 학교 버스에서 내린 동네 아이들이 한데 모여 우리 집으로 오는 날이 종종 있다. 조무래기 손님이 몰려올 때면 창밖을 보지 않아도 감각과 소리로 '이들'을 감지할 수 있다. 마당 초입부터 땅이 들썩이고 아이들 특유의 왁자지껄한 소리가 들려온다. 이들이 들이닥치면 나는 이 손님들을 집 안에 들이지 않고 마당으로 내몰려는 계획을 짠다. 그러나 내가 그 말을 내뱉기도 전, 아이들은 이미 마루에 가방과 외투를 벗어 던져놓고 하늘 아래 '마구' 논다. 땔감으로 싸둔 참나무 더미에 기어 올라가고, 쌓아둔 황토를 삽으로 파서 길을 만들고 물을 부어 진흙탕을 만든다. 딸기밭을 쑥대밭처럼 밟으며 딸기를 따 먹고, 나뭇가지가 휘어져라 보리수를 따 먹고 씨앗을 퉤퉤 뱉어낸다. 여름에는 물장난을 하다가 옷을 다 적시고, 추석 무렵 짧은 으름 철이 되면 큰 바위에 올라 넝쿨에 듬성듬성 달린 으름을 따 먹기도 한다. 작은 바나나 모양에 종종 박힌 씨가 압권인 으름은 정말이지 먹는 재미 반, 넝쿨에 달린 으름을 아슬아슬하게 따는 재미 반이다. 밖에서 노는 아이들은 시간 가는 줄 모른다. 산골 아이들에게 집에 돌아가는 시간은 해의 길이에 달려 있다. 해가 짧은 계절이면 5시 반만 되어도 집으로 내려 보내고, 해가 긴 계절에는 늦게까지 놀다 저녁을 해 먹이기도 한다. 하늘 아래 마음껏 뛰노는 아이들을 보고 있으면 혼잣말을 할 때가 있다.

"너희들은 참 좋겠다!"

한번은 딸아이의 학급 전체가 우리 집에 왔다. 담임 선생님은 가정방문 대신 학급 전체를 데리고 아이들이 사는 마을 탐방을 계획하셨는데, 그날은 우리 마을 차례였다. 선생님이 미리 보낸 안내장을 통해 우리 집은 도로에서 너무 멀어 방문하기 힘들다는 기별을 받았다. 버스에서 내려서 그리 멀지 않은, 산기슭에 있는 두 아이의 집만을 돌아본다는 계획이었다. 어쨌든 우리 마을 탐방에 나선 딸아이 학급의 마을 안내자로 나도 시간에 맞춰 마을 입구로 내려갔다. 와글와글한 스물세 명의 아이들이 아스팔트가 깔린 도로에서 내려 마을 외길에 들어섰다. (우리 집에 비하면) 그리 멀지 않은 산기슭 집인데도 아이들은 연신, "언제 다 와요?"를 남발했다.

두 집을 돌아본 후, 갈림길에 선 아이들은 우리 딸에게 물었다.

"리연아 근데 너희 집은 어디야? 너 이 마을에 산다며?"

딸아이는 손으로 먼 산을 가리켰다.

"저기로 쭉 올라가야 해. 우리 집도 가볼래?"

그렇게 해서 충동적으로 모험심이 발동한 아이들 대여섯 명이 딸아이를 따라나섰다. 그 애들은 마치 신난 토끼처럼 깡충깡충 오르막으로 내달렸다. 뒤늦게 합류한 선생님께 아이들 몇 명이 리연이 집으로 향했다고 하자, 선생님은 시계를 보셨다.

"다음 일정이 있지만, 이왕에 온 거 한번 가보죠." 계획에 없던 방문이 갑자기 이루어지게 됐다. 선발대 아이들은 굽이진 길을 돌아 시야에서 사라졌다. 후발대 아이들은 예상치 못하던 산행에 길바닥에 드러눕기도 했다. 어느덧 오르막이 완만해지고 집 몇 채가 보이는 삼거리에 들어서자 아이들은 "다 온 거죠?"라고 묻는다. 나는 조금 민망해하며, "음. 거의 다 왔어. 저 고개만 넘으면 돼."라고 하자, 맨 뒤에 처져 있던 아이들 몇몇은 벌게진 얼굴로 하늘로 향해 오르는 임로와 그 아래 먼 산을 한탄스럽게 바라봤다. 산중 어디에선가는 벌써 도착한 선발대 아이들의 아우성이 메아리쳤다.

"애들아 조금 가파르지만, 여기만 지나면 돼. 거의 다 왔어. 먼저 간 친구들은 벌써 도착했나 봐."

나와 담임 선생님은 처진 아이들을 격려해가며 맨 뒤에 따라갔다. 씩씩거리며 가장 가파른 언덕길, 산행은 클라이맥스다. 그러다 산비탈 길에 불현듯 빨간 우체통이 등장하고, 더는 오르지 않아도 되는 우리집에 도착했다. 후발대 아이들 한 명 한 명이 마라톤에 완주한 선수들처럼 마당으로 입성했다. 먼저 도착한 아이들은 땅바닥에, 마당 한쪽에 쌓아놓은 나뭇더미 꼭대기에 올라앉아 조잘대고 있었다.

"휴~"

"그런데 리연이는 왜 이런 데 살아요?" "리연아 너는 학교에 어떻게 와?" "너네 이사 안 가?" 나와 딸아이에게 이런 질문들이 쏟아졌다. 선생님도 "눈이 오는 날은 리연이가 등교하기 정말 힘들겠네요. 여기 와보니 평소 리연이 행동이 조금 더 이해돼요."라고 하신다. 한글은 느리고, 유난히 꽃을 좋아하고, 쓰기 시간에는 미그적거리며 혼자 먼 산을 바라보는 아이. 눈으로 딸아이를 찾아보니 집에 반 친구들이 와서 신이 났다. 숲의 정기를 받으며 아침부터 산을 내달은 아이들은 웃고, 떠들고, 장난치고, 오를 때와는 달리 지친 기색도 없이 쌩쌩하기만 하다.

어느 주말, 아이가 있는 집에 초대받았다. 그 집에는 도시에서 온 또래 아이들도 있었다. 아이들은 밖에 나가 잘 어울려 놀다가도 안에만 들어오면 소파에 묻혀 스마트폰을 들었다. 각자 스마트폰이 있는 아이들은 또래들과 놀기보다 손안의 세계에 빠져들었다. 스마트폰이 없는 딸아이는 여럿이 모였는데도 같이 놀지 않고 각자의 작은 화면에만 집중하는 아이들이 재미없었다. 그 애들 주변을 맴돌다가 어깨너머로 애들이 하는 게임을 들여다보기도 했다. 그런 딸에게 어떤 아이는 "왜 자꾸 내꺼 봐. 보지 마."라고도 한다. 기계를 든 아이는 '내 것'을 강조하며 고철 덩어리처럼 냉정해졌다. 딸아이는 내게 와서 "나도 전화기 사주면 안 돼?"라며 울상이다. 그러나 나에겐 그것을 사줄 마음이 없다.

의학적으로 정의된 병은 아니지만 자연결핍장애Nature deficit disorder라는 증상이 등장했다. 이 증상에 이름을 붙인 이는 베스트셀러였던 책 『숲에서 멀어진 아이들』(원제: Last child in the wood)의 작가 리차드 로브Richard Louv로, 과도한 도시화와 전자통신 기기가 일상화된 사회에서 자연과 아이들의 관계를 광범위하게 조사하고 분석했다. 그는 생물학적으로 여전히 채집과 수렵의 종족인 인류에게 자연과의 접촉이 얼마나 중요한가를 설명한다. 특히 몸의 에너지가 넘치는 아이들에게 실외에서 노는 것은 정신적, 육체적 건강을 유지하는 데 필수적이라고 역설한다. 채 열 살도 안 된 어린이들이 모여도 같이 놀지 않고 각자의 스마트폰에 몰입하는 세상. 미래의 디스토피아를 그린 영화의 한 장면 같은데, 사실 이런 아이들의 모습은 우리 주변에서 그리 낯설지 않다. 자연과 유기적인 관계 맺기를 경험하지 못한 아이들이 많아질수록 지구 생태계의 앞날은 밝지 않을 것이라는 비관이 바람처럼 스친다. 기우杞憂다. 내 기우이길 바란다.

학급 아이들의 마을 탐방이 있고 며칠 뒤 하얗게 눈이 내렸다. 밤새 내린 눈이 제법 쌓여 차로는 도저히 산길을 내려갈 수 없었다. 눈이 내리자 딸아이는 학교에 가기 싫다고 한다. 나도 흔쾌히 "오늘은 안 가도 돼."라며 선생님께 문자 메시지를 보냈다. 소복소복 눈이 내리고, 아이들은 눈을 맞으며 놀고 있다. 아무도 찾아오지 못하는 날, 산중에 고립된 나는 왠지 모를 안락함을 느낀다. 마당에는 장작이, 집에는 쌀과 밀가루가 그득하다.

21세기
효녀 심청

www가 보급된 이래 신조어의 생멸 주기가 짧아졌다. 스마트폰이 아닌 허리에 삐삐 차고 다니던 90년대 후반에는 '벙개'와 '벙개쳤다'가 일상어였지만, 이제는 이 표현을 못 들어본 지도 꽤 됐다. 벙개가 지나간 자리, 수많은 신조어가 혜성처럼 나타났다가 그 명운을 달리했다. 한편 여성학계 밖에서는 잘 쓰이지 않던 '비혼'이란 표현은 이제 낯설지 않다. 미혼과 기혼의 이분법을 뛰어넘어 주체적으로 결혼을 선택하지 않는다는 '비혼'이 사회 전면에 등장한 것이다. 더 나아가 이혼을 넘어선 '탈혼'까지 등장했다.

산골 집에서 둘째 날 밤, 집 기운을 밟아준다며 친구들이 몰려왔다. 오랫동안 비어 있었던 심란한 흙집이 오랜만에 사람 떼를 맞이한 것이다. 목수인 친구가 구들을 때자 불은 들지 않고 연기만 자욱했다. 장작을 태우는 내내 매캐한 연기가 집 안에 가득했으나 친구들은 술을 마시고 노래를 부르며 밤늦도록 신나게 놀았다. 그날 시큰둥한 사람은 나

하나였다. 나는 놀 마음이 생기지 않았다. 이 집에 놀러 온 것이 아니라 살러 왔다고 생각하니 너무도 심란했다. 어쩌다 인생은 나를 이런 미궁으로 빠뜨리는가. 서울에서 태어나 줄곧 그 도시에서 살아온 내가 어쩌다 이런 산골 허름한 집에 신혼을 차리게 됐는지. 불현듯 어릴 적 유행했던 〈울고 싶어라〉라는 가요가 떠올랐다. 우중충한 마음속으로 난 그 노래를 불렀다.

이튿날 아침 친구들이 우루루 떠났다. 그러나 단 한 명, 심청이만은 떠나지 않았다. 전남 함평이 고향인 심청은 산골 집에 남아 나와 함께 묵은 먼지를 털어내고, 기름때가 찌든 싱크대를 닦았다. 그러다 갑자기 심각한 표정으로 "언니 정말 이 집에 살 수 있겠어요?"라고 물으며 나를 걱정해주었던 속 깊은 친구. 시골에서 자란 심청은 명절 다음 날 친척들이 우르르 떠나면 울적했노라고, 그래서 그날 내 곁에 남았다고 했다.

몇 년이 지나 마음 씀씀이가 착한 심청에게 배필이 나타났다. 산골 집에 애인을 데려온 심청은 어찌나 방글방글 웃어대던지, 그날 심청은 정말 예뻤다. 심청과 그 애인은 진정한 한 쌍의 바퀴벌레였다. 얼마나 지났을까, 심청과 애인이 룸메이트가 됐다는 소식이 들려왔다. 각자 자취를 하던 연인은 자연스럽게 간소한 살림을 합치게 됐다.

언제부터인가, 난 이 연인을 만나면 "너희 결혼 안 해?"가 안부 인사가 됐다. 또 몇 년이 흘렀다. 그들은 여전하다. 이제는 "결혼은?"이 아니라 "여전히 비혼?"이라 묻는다. 그 사이 겨우 몇 년 동안 1인 가족의 급속한 증가라는 지속적인 현상이 수면 위로 떠올랐고 '비혼'은 일상어가 됐다. 언젠가는 결혼할지 모르는 미혼이 아니라 주체적으로 결혼을 선택하지 않는 '비혼'족이 헬조선을 지나오며 등장한 것이다.

낙엽이 수북이 쌓여버린 주말, 심청과 그녀의 배필이 산골집에 늦은 단풍놀이를 하러 왔다. 창밖을 바라보며 차를 마시다가 "여전히 비혼이죠?"를 "밥 먹었냐"처럼 또 묻게 됐다. 그런데 뜻밖에도 그들의 대답은 지금까지와는 좀 달랐다. "오래 같이 살다 보니 공유하는 것도 많아졌고, 계속 결혼하지 않은 상태로 사는 것이 좀 불안해요." 들어놓은 보험, 전세 대출, 만약의 사고 시 서로의 법적 보호자가 될 수 없는 상황, 재산 양도의 문제 등을 고려하면 언제까지나 법과 제도의 테두리 밖 연인으로 남기에는 이제 너무도 깊은 사이가 된 것이다.

1999년, 프랑스에서는 시민연대계약(PACS: Pacte civil de solidarité) 법안이 국회를 통과했다. 이성뿐 아니라 동성 커플에게도 동등하게 적용되는 시민연대계약을 통해 보수적이고 종교적인 '결혼'을 선택하지 않고서도 안정적인 가족을 이룰 수 있는 제도가 마련된 것이었다. 법안이 통과될 당시에는 동성 간 결합이 주요 쟁점이 되었지만, 2012년 통계에 의하면 시민연대계약의 95%는 이성 커플로, 프랑스에서 결혼을 대신하는 제도로 자리 잡았다. 안정적인 출산율을 유지하는 프랑스에서 신생아의 60%가 혼외 출산일 정도로 시민연대계약에 대한 차별은 없다.

사실 남편은 결혼에 반대하는 사람이었다. 지금은 아니라지만 남편의 고향은 오랫동안 가톨릭이란 종교가 사회의 근간을 지탱하던 곳이다. 개척시대, 성당은 학교를 만들었고, 출산을 장려했고, 태어난 아기는 세례를 받았다. 그러나 60~70년대를 거치며 그곳에도 다른 서구 사회에서처럼 낡은 제도와 권위와 관습에 저항하는 바람이 불었다. 그런 사회에서 미국의 랩 메탈 밴드 'Rage against the machine'을 듣고 자란 남편에게 결혼은 종교적 의례이며 지난 시대의 산물이자 부담스러운 관계의 속박으로 다가왔다.

우리 사이에 법적 굴레가 없던 시절, 그의 고향에 놀러 갔다가 나는 자전거에서 떨어지는 사고를 당했다. 손에 골절을 입고 병원에 가니 관광객 신분인 나에게 300달러가 넘는 비용이 청구됐다. 병원비가 공짜인 그에게는 적잖은 충격이었다. 결국 이런저런 이유에서 나는 그에게 청혼했고, 시민권자인 그는 (약자와 연대 차원에서) 내 청혼을 받아들였다. 국제 커플인 우리에게 다른 선택이 있었다면 나는 아마도 먼저 청혼하지는 않았을 것이다.

심청과 그 애인에게 프랑스에서처럼 결혼 외에 다른 결합 제도가 있다면 어떻게 하겠냐고 물었다. 그들은 가차 없이 대답했다. 당연히 결혼 안 하고 '그것' 하죠. 2014년, 민주당 진선미 의원이 '생활동반자법'을 발의했다. 프랑스를 비롯한 서구 여러 나라의 시민결합 제도와 유사한 이 법안이 통과된다면 성소수자 커플도 제도권 안으로 편입될 뿐 아니라, 여전히 사회적 편견이 존재하는 비혼 동거에 대해서도 '지극히 개인적이고 합리적 선택'이라는 시각이 (서서히) 형성될 것이다. 그러나 '호주제 폐지'가 그랬듯, '생활동반자법'이 입법되기까지는 상당한 진통이 예상된다. 혁명의 나라라는 프랑스에서도 1999년 시민연대계약이 만들어지기까지 10년이란 세월이 걸렸다. 그리고 그 법안을 표결하는 날, 기독민주당의 한 의원은 성경에 손을 얹고 "동성애를 정당화하는 모든 문명을 쇠퇴할 것이다."라며 다섯 시간의 연설을 이어갔다는 일화가 전해진다. 뿌리 깊은 전통과 제도를 뒤로하고 사회가 진일보하는 데는 지구상 어디를 막론하고 진통이 동반된다. 그리고 14년 뒤, 그 나라에서는 시민연대계약뿐 아니라 동성간 결혼이 합법화되었다. 재불 작가 목수정은 그녀의 에세이

『아무도 무릎 꿇지 않는 밤』을 통해 2013년 5월에 있었던 프랑스에서의 첫 번째 합법적인 게이 결혼식 풍경을 자세히 전한다. 마침내 아들의 결혼식을 보게 된 어머니는 행복해하며 게이인 아들을 자랑스러워했다고. 한편 역사적 결혼식이 있기 직전 주말에는 동성 결혼에 반대하는 백만 인의 집회가 파리에서 벌어지기도 했다. '남편, 아내, 자녀로 구성된 전통적 가족을 수호하자'가 그들이 내건 슬로건 중 하나였다.

시민연대계약(PACS)이 자리 잡으며 새로운 동사 'se pacser: 시민연대계약을 하다'가 붙어 사전에 등록됐다. 우리에게도 가칭 '생활동반자법'이 탄생한다면 그 법안의 이름을 딴 새로운 관계명이 등장하지 않을까? "우리 결혼했어요"가 아닌 "우리 ○○했어요"가 더 빈번해질지도.

새로운 제도가 만들어지면 새로운 세대가 탄생할 것이다. 뿌리 깊은 남성 중심 가부장제는 더더욱 거센 도전에 직면할 것이다. 결혼이 아니라 '○○'을 했을 뿐인데 명절에 여자가 남자 집부터 가서 전 부치는 풍경은 역사의 뒤안길로… 서서히 퇴장. 결혼이 아니라 ○○한다면, 심청은 명절날 고향 함평에 내려가 언제나 그래왔듯 엄마와 함께 전을 부칠 것이다. 효녀 심청이다.

대륙 횡단

잘 그을리지 않는 창백한 피부, 금실처럼 가느다란 곱슬머리, 알비노가 의심되는 옅은 에메랄드빛 눈동자, 큰 키에 건장한 몸. 딱 보기에도 혼혈의 역사 없이 일조량이 부족한 북유럽에서 대대로 살아온 조상을 둔 것 같은 수잔은 러시아 북쪽의 작은 도시에서 왔다. 그녀의 고향은 진정한 북구. 노르웨이 국경 바로 너머, 한겨울에는 하루에 3시간 정도밖에 해를 볼 수 없는 곳이다.

"그럼 네 고향은 몹시 춥겠구나."

"겨울에는 보통 영하 20~30도 정도고, 영하 45도까지 내려간 적도 있어."

"영하 45도라니? 그렇게 추워도 사람들이 밖에 나가니?"

그 질문에 수잔은 아무렇지도 않게 답한다.

"당연히 학교도 가고 일하러 가지. 여기 사람들도 비가 이렇게 오는데 학교에도 가고 일하러도 가잖아."

그렇긴 하다. 7월 초, 그녀가 한국에 온 지 2주가 되었고, 일주일 전부터는 매일매일 주구장창 비가 쏟아진다. 바야흐로 장마다.

수잔은 8개월째 아시아를 여행하고 있다. 일본에서 두 달간 댄서로 일했고, 인도네시아, 발리, 홍콩을 거쳐 2주 전 한국에 왔다. 이미 검소하게 여행하는 여러 나그네들이 우리 집을 거쳐 갔지만, 카우치 서핑과 히치하이킹을 하며 홀로 여행하는 여자는 수잔이 처음이다. 카우치 서핑이야 이미 여행자들 사이에서 공고한 네트워크이자, 사이트를 통해 호스트에 관한 정보를 미리 알 수 있어 안심이 되지만, 여자 혼자 히치하이킹을 한다는 것이 난 좀 불안했다.

"혼자 히치하이킹하는 거 괜찮아?"

"더 위험하다는 인도네시아와 태국과 라오스 등지에서도 히치하이킹으로 이동했는걸. 게다가 일본과 한국에서는 히치하이킹이 정말 쉬워. 고속도로도 잘 뚫려 있고 사람들은 친절해. 치안도 좋은 편이고."

그녀의 말을 듣고 있던 나는, 그걸 네가 어떻게 알아? 한국에 얼마나 이상한 남자들이 많은데, 무차별적으로 여성을 혐오하는 남자도 얼마나 많은데, 라고 우리의 어두운 이면을 말해주려다 망설였다. 분명, 여느 나라와 비교한다면 한국의 치안은 비교적 나은 편이다. 어디와 비교하느냐에 따라 다르겠지만. 다행히도 금발의 미녀 수잔은 족히 180센티

미터는 돼 보이는 장신에 골격도 보통 한국 남자보다 크고 힘도 세다.

밖에는 장대 같은 비가 내리고, 나는 수잔과 마주 앉아 차를 마시며 책을 펼쳤다. 『빼빼가족, 버스 몰고 세계 여행』, 십 대 후반의 아이 셋과 부모가 함께하는 유라시아 대륙 여행기다. 다섯 명 모두가 정말 빼빼 마른 이 가족이 25인승 미니버스로 개조한 캠핑카를 몰고 속초항에서 출발해 시베리아 고속도로를 타고 러시아를 건너 핀란드에서 유럽연합으로 진입, 여러 유럽 국가들을 돌아 터키, 이란, 투르크메니스탄, 키르키스탄, 카자흐스탄 등을 거쳐 다시 속초항으로 돌아오는 1년간의 대모험이 책 속에 생생하게 그려져 있다. 이들의 행로를 따라가 보니 현대의 유라시아 대륙여행이란 마르코 폴로가 실크로드를 걷던 시절만큼이나 만만치 않다. 21세기의 국경은 철저하게 통제되고 봉쇄되어 있어 마르코 폴로 시대 이전부터 존재한 실크로드를 거쳐 한국에 들어오기란 비자 얻기와의 전쟁이었다. 게다가 극동으로 갈수록 강권 국가의 특징이 확연해지며, 중국의 국경은 한낮 개인의 캠핑카로는 진입이 불가능했다. 결국 빼빼가족의 캠핑카는 컨테이너에 실려 블라디보스토크까지 운반되었고, 가족은 기차를 타고 중국을 여행했다. 점입가경으로, 모두 알다시피 같은 민족의 땅, 한반도의 북北은 진입조차 불가능했다.

나는 이 가족의 여행 경로가 그려진 지도를 수잔에게 보여주며 블라디보스토크를 짚었다.

"넌 여기서 시작해서 시베리아를 거쳐 고향으로 돌아갈 수 있겠다."

나는 분명 농담을 한 것이었다. 그러나 언어의 장벽 때문인지 그녀의 모험심 때문인지 그녀는 아무렇지도 않게 대답한다.

"당연히. 그럴 계획이야."

나는 그녀의 용기에 혀를 내둘렀다. 망설이던 나는 그녀의 조국 땅 시베리아에 대한 긴요한 정보를 발설했다.

"빼빼가족 여행기를 읽으니 우랄산맥을 넘기 전까지 시베리아 도로는 치안이 불안하다던데."

"세상에 위험하지 않은 길이 어디 있겠어. 그 길은 러시아의 유럽 지역과 극동을 잇는 고속도로잖아."

동문서답인지 우문현답인지가 이어지다, 그 나라의 치안 사정은 나보다 수잔이 더 잘 알듯도 싶어 나는 말을 잇지 않았다. 하긴 이방인의 시선으로 보자면 북한의 미사일과 핵무기의 위협이 도사리는 한국보다 더 위험한 곳이 어디 있으랴.

그러나 용감한 수잔도 시베리아 횡단에는 단서를 달았다.

"같이 시베리아 횡단할 사람을 찾고 싶어. 찾아보면 있을 거야."

시베리아 대륙 횡단. 그러고 보니 러시아나 캐나다나 호주나 미국처럼 큰 영토에 사는 젊은이들에게는 배낭 멘 채 비행기 타고 멀리멀리 날아가지 않고도 가능한, 자국 횡단 여행이 젊은 시절 해봐야 할 버킷 리스트 중의 하나를 차지하는 듯싶다. 캐나다인 남친을 둔 탓에 9년 전쯤 나는 캐나다 횡단 여행을 해야만 했다.

그때 나는, 큰 나라를 횡단하다 보니, 우리 강산이 얼마나 오밀조밀 다채로운가를 새삼 느끼고 있었다. 캐나다의 서부 해안 도시 밴쿠버에서 시작한 우리의 여행은 캐나다 고속도로 1번을 타고 북미에서 가장 오래된 도시이자 N의 고향인 퀘벡까지 가는 경로였다. 동쪽으로 가는 길은 끝이 없고, 대륙은 너무도 광활했다.

북아메리카 대륙의 서쪽을 종단하는 로키산맥을 넘으면 대초원이 펼쳐진다. 초원은 끝이 없고, 고속도로 2차선 사이에 펼쳐진 풍경도 끝없이 단조롭다. 특히 사스카초안 주州와 매니토바 주州를 지나는 몇천 킬로의 단조로움으로 나는 지루하다 못해 우울했다. 며칠을 가도 똑같은 풍경인 초원지대를 지나며 나는 '끝없네, 끝없어'라는 혼잣말을 시를 외듯 읊조렸다. 반도인인 나에게 '끝없는' 대륙에는 도시조차 드문

드문해서 800킬로를 가야만 또 다른 도시가 등장하곤 했다. 800킬로란 아마도 서울에서 부산을 지나 고속도로가 있다면 일본에 도착하고야 말 만한 거리다. 그렇게 길에서 온종일, 수천 킬로를 히치하이킹하며 우리는 동東으로 동으로 향했다. 히치하이킹 일진이 안 좋은 날에는 돗자리를 펴고 길바닥에 누워 있기도 했고, 지는 해에 조급해져 서로 다투기도 했다.

N과의 대륙 횡단 여행 중 가장 지루한 부분이던, 끝없는 대초원의 중심에 위치한 사스카초안 주의 주도인 레지나에 도착한 나는 살짝 문화적 충격을 받기도 했다. 거대한 주의 주도州都라지만 레지나는 한국의 읍소재지보다도 결코 크지 않았다. 게다가 황폐한 분위기였다. 방치된 빈집들이 늘어선 도시의 초입을 지나 그나마 주도의 체면을 갖춘 시청 앞 아담한 공원에 들어서자 드디어 사람들이 등장했다. 그래도 여전히 한적한 그 공원에는 청소년들이 동그랗게 모여 앉아 있었는데, 언제나 열일곱 살을 지향하는 N은 아이들에게 다가갔다. 그들 중 몇몇은 눈이 반쯤 풀려 있었는데 술을 마셨는지 대마초를 폈는지는 알 수 없었다. 그 아이들에게 가버린 N도, 레지나 첫인상도 마음에 들지 않아 나는 혼자 뚱하게 앉아서 떠가는 구름을 바라봤다. 비행기를 타지 않는다면 쉽사리 빠져나갈 수 없는, 천연의 요새 같은 이곳에서 난 결코 살지 못

할 거야. 대초원의 10대 아이들과 놀다 온 N에게 나는 이 말을 거듭 강조했다. 여기서는 푸른 바다가 너무 멀어. N의 반응은, 캐나다는 한국 같은 반도가 아니야. 대륙이라고. 대륙에선 해안 지역이 아니라면 바다는 멀고 멀 수밖에.

밖에는 북태평양에서 북상한 더운 공기와 대륙에서 남하한 차가운 공기가 만나 형성된 장대 같은 장맛비가 여전히 시끄럽게 내리고 있었다. 집 뒤 시냇물은 폭포와 계곡으로 변신해서 산골을 휘감고 있다. 나는 수잔에게, 왜 시베리아 횡단을 하고픈지 알 것 같다고 했다.

"거대한 대륙 국가의 젊은이들에게는 자국의 대륙을 건너는 게 일종의 꿈인가 봐. 9년 전에 N과 캐나다 대륙 횡단을 했는데, 그 길에서 만난 사람들이 우리보고 정말 멋지다고 했어. 그들도 한 번은 횡단 여행을 하고 싶다며."

한국에 사는 우리는 타국에 가려면 비행기나 배를 타야 한다. 섬나라가 아닌데도 한국은 정치적 이유에서 섬이 되어버렸다. 이 같은 상황은 우리의 정신에 어떤 영향을 끼쳐온 것일까. 분단되기 이전으로 거슬러 올라가면 우리도 서울에서 기차를 타고 모스크바에도 가고 베를린에도 파리에도 갔었다. 서울에서 출발하는 유라시아 대륙 여행을 꿈꿔본다. 다시금 육로로, 비자 없이 자유롭게!

동쪽으로 동쪽으로 5,168km 여정
밴쿠버에서 퀘벡으로 가는 고속도로 위에서

손들이 떠난 후

먼 길 떠나는 손들은 "다음에 또 보자"라는 인사를 남긴다
수많은 작별인사는
그들처럼 길 떠나고 싶은 욕망을 심는다
욕망의 뿌리가 아래로 내려지고, 줄기는 위를 향한다
자양분이 갖추어지자 욕망은 자라난다

세월이 지난다
아이들은 커간다

우리도 떠나자!
대륙의 반대편으로 돌아간 손들을 만나러
길 위에 방랑자들을 만나러
우리도 방랑자가 되어

길 떠나자

광대정 산골집, 산골짜기 새들아, 나무들아
이웃들, 친구들

다시 돌아올 때까지

그럼 안녕

3장

낳고, 키우고

사랑해 그래도 쉽지 않아

마들렌 올리비에 그리고 나

이야기를 시작하자면 몇백 년 전 지구 반대편으로 거슬러 올라가야 한다. 토마 루소는 프랑스 노르망디 지방의 '뿌아뚜'라는 항구에서 신대륙으로 향하는 항해선에 올랐다. 때는 1660년, 유럽인 콜럼버스가 신대륙을 발견한 지 168년이 지난 후였다. 토마는 서른을 넘긴 총각이었다. 그 나이까지 결혼을 못 한 것을 보면 뒤를 봐주는 가족이 변변치 않은 가난한 사내였음이 틀림없지만, 그 외에 무슨 이유에서 고향을 등지고 생을 마감할 수도 있는 신대륙행 항해선에 몸을 실었는지는 알려진 바가 없다. 다만 그는 모험심이 강한 사내였을 것이라 짐작된다. 행운이 그와 함께했기에 토마는 몇 달간의 고달픈 항해 끝에 살아남아 신대륙의 개척지, 그곳 사람들의 말로 '강이 좁아지는 곳'이라 불리던 미지의 땅에 도착한다.

당시는 프랑스 혁명이 일어나기도 120년쯤 전, 여전히 봉건 사회였다. 토마는 프랑스 왕이 신대륙 식민지에 파견한 귀족의 성에 소속된 농노가 되었다. 그는 얼마쯤의 척박한 땅을 할당받아 풀과 가시덤불을 베어 농토를 일구며, 고향보다 길고 혹독한 그곳의 겨울을 이겨냈다. 한 해의 반을 차지하는 겨울이 몇 차례 지나는 동안 뼛속까지 스며드는 눈보라의 습濕을 견디지 못한 이들이 삶을 등져갔으나, 그는 건재했다. 몇 년 뒤, 누벨 프랑스의 가련한 백성들을 어여삐 여긴 프랑스 국왕은 그들에게 아내가 될 고아 출신의 여자들을 보낸다. 노르망디에서 온 마들렌 올리비에 또한 고아였으며, 힘든 항해 끝에 살아남은 강인한 생명력의 소유자이자, 서른을 넘긴 처녀였다.

둘은 결혼했고 열한 명의 아이를 낳았다. 그중 몇 명이 죽기는 했지만, 그 시대 대륙 간 항해에서 살아남은 두 사람으로부터 강인하고 질긴 생명력을 이어받은 아이들 또한 제각각 열 명 남짓의 아이를 낳아 신대륙 식민지에 노르망디인人, 루소의 자손을 퍼트렸다. 마들렌은 서른이 넘은 나이에 첫 아이를 낳고 쉰셋이 될 때까지 출산을 이어가다 막내가 겨우 네 살 되던 해 세상을 떠났다. 혹독한 겨울을 견뎌야 하는 척박한 땅으로 이주해 농노의 아내로 끊임없이 임신과 출산을 반복하다 생을 마감한 것이었다. 한편 토마는 그녀가 죽은 후 또 다른 과부와 재혼해 아이를 두세 명 더 낳고 백 세 장수했다.

남편은 토마 루소의 10대손이다. 토마와 마들렌의 자녀들은 대대로 번창해 오늘날 '루소'는 프랑스계 캐나다 지역에서 흔한 성이 되었다. 사회계약론과 에밀의 작가로 유명한 철학자 장-자크 루소Jean-Jacques Rousseau와 같은 성이지만 신대륙에 정착한 남편의 조상은 장-자크보다 선대 프랑스인이었으며, 철학과는 거리가 먼 그 당시 사회에서 가장 하류에 살던 사람이었다. 오랜만에 고향에 다녀온 남편은 신대륙에 첫 뿌리를 내린 조상의 기록을 찾았다며, 우리 아이가 토마의 11대손이 될 것이라고 전한다. 토마의 자손은 유럽에서 북미를 거쳐 동아시아로 흘러들어 계속 자손을 이어가고 있다.

비가 와서 그런지 초여름답지 않은 스산한 날이었다. 그날 나는 또다시 새 생명의 잉태 소식을 받아 들었다. 임신은 아주 놀라운 사건이었다. 현대 의학의 도움을 받아 다량의 합성 호르몬으로 태아의 착상을 막는 사후피임약을 복용했었기 때문이다. 나에게는 이미 여섯 살, 네 살, 십 개월인 세 아이들로 하루하루 벅찬 날들이 이어지고 있었다. 그런데 넷째라니…. 지금이 무슨 교회의 뜻에 따라 아이를 줄줄이 낳던 17세기 누벨 프랑스 시대도 아닐뿐더러, 내일모레 마흔을 바라보는 나에게 네 번째 임신은 충격적이다 못해 아득한 신화처럼 비현실적이었다. 일주일간의 고심 끝에 나는 태아에게 프랑스식 아듀adieu, 영원한 이별을 고하기로 했다.

며칠 뒤 나는 남편과 함께 전주로 향했다. 아주 드문 둘만의 외출이었고, 초여름의 어린 초록빛이 싱그러운 아침이었다. 날씨와 분위기 덕분에 소풍 가는 사람처럼 조금은 들떠 있던 기분이 전주 도심을 지나 산부인과에 가까워질수록 무겁게 가라앉았다. 얼마 지나지 않아 셋째를 낳았던 산부인과 병원 주차장에 도착했고, 무거운 발걸음으로 병원 문을 열고 들어가 상냥한 간호사에게 접수를 하고 기다렸다. 같은 소파에 앉아 있던 여느 임산부들처럼 텔레비전을 올려다봤지만 머릿속은 뒤엉킨 실타래처럼 복잡했다. 간호사가 내 이름을 부르자 나는 마침내 셋째를 받아준 인정 많은 의사 앞에 앉게 됐다.

"선생님, 제가 또 임신했어요. 이번엔 낳기 힘들 거 같아요…."

나는 거의 울상이었다.

"셋째 보신 지 십 개월밖에 안 됐는데, 어쩌시다. 사정이 그렇다니. 일단 초음파로 태아의 상태를 한번 확인해봅시다."

이윽고 나는 초음파 화면 옆에 붙어 있는 침대에 누워 배를 드러냈다. 간호사가 허옇게 드러난 내 배 위에 차가운 크림을 바르자 의사가 그 위에 초음파 기구를 갖다 댔다. 그 찰라, 나는 중절 수술을 하러 온 여자 같지 않게 작은 화면에 등장할 태아를 볼 기대감에 부풀었다. 마치 기다리던 아기를 처음 만나는 순간인 것 같은 착각마저 들었다. 영상에 드러난 태아는 동그란 원을 그리며 하얗게 반짝였다. 의사는 동그란 원이 움직이는 이유가 심장이 뛰기 때문이라며 초음파 영상의 소리를 높였다.

'쿵쾅쿵쾅 쿵쾅쿵쾅 쿵쾅쿵쾅'

태아의 심장은 규칙적으로, 쉼 없이, 힘차게 소리를 내며 뛰었다. 잘 웃는 의사는 출산을 기대하는 산모에게 하듯 함박웃음을 지으며 말했다.

"태아는 착상이 잘 됐어요. 건강해 보입니다. 하하하."

검사를 끝내고, 다시 배를 감추고 상담 의자로 돌아오자 의사의 얼굴에는 인간적인 미소가 사라졌다. 의사는 지극히 사무적인 목소리로 중요한 용건을 꺼냈다.

"점심 이후 가능합니다. 예약하시겠습니까?"

"그렇게 빨리요? 아… 잠시…."

수술은 몸속의 종양을 제거하는 일이 아니었다. 태아의 심장 소리, 묘한 설렘, 의사의 미소가 동시에 떠오르며 나를 병원으로 인도한 결심이 흔들거렸다. 아기는 피임률 95%를 자랑하는 착상 방해 호르몬제의 쓰나미를 이겨내고 내 자궁에 당당히 자리 잡은 끈질긴 생명이었다. 이 끈질긴 생명이 의사의 가위질에 갈기갈기 찢길 생각을 하니 너무도 허망했다. 그 순간 내 무의식의 선한 의지는 뱃속 존재에 손을 들어 주고 있었다. 이 모든 일이 비극적으로 꼬인 희랍 신화의 한 장면처럼, 혹은 하늘에 흐르는 뭉게구름이나 먼 바다에 떠가는 콩알만 한 배 한 척처럼 아득하게 다가왔다. 나는 점심을 먹고 결정하겠다고 하고 부랴부랴 초음파실이 딸린 진료실을 빠져나왔다. 잘 웃는 의사는 앞니를 드러내며 "그럼 생각해 보세요."라고 대답했다. 마치 의도했던 것처럼.

다음 날 오후, 나는 산부인과 주차장 옆 작은 생태 호수 공원에 서 있었다. 호수의 수면은 널따랗게 퍼진 초록빛 연잎과 연분홍색 연꽃으로 가득했다. 흐드러진 연꽃들이 기체처럼 아름다움을 품어내고 있다. 그 아름다움 아래 거무튀튀한 진흙탕 속에는 뒤엉킨 연의 잔뿌리들이 녹색 이끼와 함께 부유하고 있다. 수면 아래 누추한 세계가 있기에 수면 위의 아름다움이 존재하는 것이다.

연꽃으로 가득 찬 호수를 바라보다 남편에게 눈길을 돌렸다. 남편은 해탈한 성자처럼 평안한 얼굴이었다. 마음의 갈피를 잡지 못하는 나에게 약간의 연민이 섞인 눈빛을 비추기도 했으나, 조상에게 물려받은 그의 초록빛 도는 적갈색 눈동자는 흔들림이 없었다. 하오의 햇살, 어린 잎사귀를 피운 나무, 호수 안을 가득 메운 초록 연잎에 동화되어 그의 눈동자는 더욱 깊고 아득한 청색으로 빛났다.

"난 너의 결정을 전적으로 지지한다."

이 얼마나 간단하고 이기적인 기다림인가. 인생의 진퇴양난에서 주저하는 나에게 중대한 결정을 떠넘기고 무심하게 주변의 초록을 감상할 뿐이다. 그날따라 연초록색 티셔츠를 입고 온 그는 마치 나만 쏙 빼고 초록빛 천상계에 합류한 존재 같았다. 그 순간 나는 내 번민의 근원인, 내 태에 자리 잡은 생명의 미래를 보는 듯했다. 이 아이가 크면 지금의 남편처럼 무심하고도 흔들림 없는 초록 광채를 발할 것이다. 나는 광채를 발할 생명을 다음 세대로 이어가는 소명을 타고난 것인가. 내 몸과 마음은 버거워하고 있음에도 불구하고.

초록빛 광채는 태아의 생명을 구했다. 번뇌는 결국 배고픔으로 일단락됐다. 결국, 나는 태아를 떠나보낼 깜냥이 되지 않음을 깨닫고 병원 주변을 떠나 전주 초입에 위치한 덕진공원으로 이동했다. 거대한 호수가 있는 덕진공원에도 연꽃이 흐드러지게 피었다. 그곳에서 아기를 낳겠다는 결심을 전하자 남편은 천진하게 웃는다. 그의 천진한 미소 속에는 조상으로부터 이어받은 끈질긴 유전자가 삶을 지속하기 위해 매력을 발산하고 있었다. 구대륙에서 신대륙으로 다시 정반대편의 구대륙으로 이주한 루소의 후손이 몇 개월 뒤면 내 몸을 통해 세상에 발을 디딜 것이다. 그리고 나는 언제나처럼 그 아기와 사랑에 빠질 것이다. 또 한 가지 확실한 것은, 이 아이를 끝으로 나는 피임 시술을 받을 것이다. 누벨 프랑스 시대 농노의 아내 마들렌처럼 쉰이 다 될 때까지 애만 낳다가 죽고 싶지는 않기 때문이다.

아기의 직립보행을 기다리며

옛날 옛날 아주 오랜 옛날, 산신령이 구름 타고 다니며 세상을 구상하던 시절, 부숭부숭한 누군가가 양손을 바닥에서 떼고 엉거주춤 일어나 어기적어기적 걷기 시작했다. 거동하는 데 양팔이 필요 없어진 그이는 놀고 있는 양손으로 무언가를 만지작거리기 시작했다. 널린 돌멩이를 가지고 논다는 게 그만 불씨를 만들어버렸고, 두들기고 다듬다가 도구도 만들었다. 무언가를 스스로 만든다는 것, 창작의 기쁨 덕분에 그이의 삶은 유희로 넘쳐났다. 몇백만 년 전 호모사피엔스는 직립보행을 시작했다. 그 덕분에 양손을 쓸 수 있게 되었고, 뇌는 비약적으로 발달했다. 그리고 유구한 시간이 흐르고 흘러 인류의 손에는 돌 대신 스마트폰이 들려 있다.

인류의 직립보행이 얼마나 엄청난 사건이었는지, 아기를 키우다 보니 새삼스레 다가온다. 유난히 운동신경이 뛰어나고 몸 놀이를 좋아하는 우리 딸. 평균의 아기들보다 일찍 뒤집고, 기고, 의자나 난간을 잡고 일어났지만, 어떤 것에도 의지하지 않고 첫걸음 떼기는 더뎠다. 걸음마를 하기 전 아기들이 많이 기어야 평생 허리 건강에 좋다고 해서 또한 이러저러한 이유에서 아기에게 보행기도, 서서 노는 놀이 기구도 주지 않았다. 그래서인지 (혹은 아닌지) 하루 차이로 태어난 친구의 아기, 별이보다 걷기가 느리다. 남들보다 좀 느린 것이야 별문제가 아니지만, 그래도 난 우리 아기가 걷기를 애타게 기다린다. 이유인즉슨, 우리 딸이 혼자서 여기저기 탐험을 즐긴다는 데 있다.

산에 사는 우리는 마당에 우리 딸을 풀어놓는다. 우리 딸은 텃밭이 있는 마당에서 3개월 된 강아지 '아지'와 함께 네 발로 기어 다닌다. 갓 백일이 지났을 뿐이지만 아지는 네 발로 서는 강아지이므로 운동능력이 우리 딸보다 월등히 뛰어나다. 전속력으로 달리고, 뒹굴고, 회전하고, 높은 곳에서 떨어져도 끄떡없다. 그런 아지의 뒤꽁무니를 쫓아다니기에, 아지보다 세 배나 더 산 우리 딸의 능력은 역부족이다. 앞마당에서 아지를 동무 삼아 기어 노는 우리 딸을 보노라면 엄마인 나는 우리 딸의 손바닥이 언제나 걱정이다. 하루는 내가 집안일을 하는 동안 남편이 아기를 본다는 것이, 그냥 밭에다 풀어놓았다. 몇 시간 후 밭에 가보니 아기의 손바닥이 상처투성이였다. 마른 옥수수 대와 나뭇가지에 찔려 양쪽 손이 피투성이가 되어 놀고 있는데 남편은 밭일에만 정신이 팔려 있었다. 나는 아기의 앙증맞고 오동통한 손을 감싸며 남편을 나무랐다. 사실 나는 기어 다니는 아기의 독립적인 바깥나들이를, 연약한 손바닥을 위해서라도 삼가시키고 싶지만, 일단 목 가누기 전부터 아빠 품에 안겨 바깥 생활을 시작한 야생 아기에게 외출은 금지할 수 없는 일상이다. 아직 걸음마도 떼지 못한 주제에 봄이 찾아오는 마당에 나가 놀고 싶어 하는 아기를 집 안에 붙잡아도 보지만, 엄마는 결국 문 앞에서 찡찡대는 아기에게 저 험난한 마당으로 나갈 수 있는 자유를 다시금 부여한다.

도시에서 집 밖을 기어 다니는 아기를 본 적이 없다. 내 친구, 별이 엄마의 생일. 겸사겸사 서울에 올라가 뷔페 레스토랑에서 친구들을 만났다. 레스토랑의 홀은 꽉 찼고, 독립된 룸에서는 돌잔치 두 행사가 진행되고 있었다. 그래서인지 아기 손님들이 유난히 많았다. 귀공자 귀공녀처럼 말끔하게 차려입은 아기들이 아빠 품이나 엄마 등, 유모차에 실려 식당을 서성였다. 나무 가시 하나 없는 매끈한 석조바닥에 푹신한 레드 카펫이 깔린 레스토랑 복도에 아기를 다니도록 방치한 부모는 없었다. 우리 딸이 여기에 왔다면. 맙소사. 식당 바닥을 두 손 두 발로 기어 다니며 이것저것 만져봐야 직성이 풀렸을 것이다. 서울로 오는 KTX 기차에서도 결국에는 제 고집대로 기어 다녔으니 말이다. 우리 딸과 하루 차이로 같은 산부인과 의사 손에서 태어난 별이는 엄마와 이모들이 수다 떠는 세 시간 내내 아기 의자에 앉아 잘도 버티었다. 대견하기도 하고 이상하기도 했다. 우리 아기의 야생성에 익숙한 나는 식탁 의자에 앉아 엄마가 주는 음식을 장난 삼아 찡찡거리지도 않고 몇 시간씩 버티는 친구의 아기가 어딘지 모르게 부자연스러웠다. 외출한 도시 아기들은 기고 싶은 탐험욕을 어떻게 절제하는 것일까? 이는 야생적 본능의 거세 혹은 길들여짐?

아기 손 보호를 위해 여러 가지 방법을 생각하다 작업용 코팅 면장갑을 아기 손 크기로 제작할 수 없을까 고민해보기도 했다. 그 장갑은 팔까지 길게 올라와 아기가 스스로 벗을 수 없도록 해야 할 것이다. 설거지용 고무장갑을 아기용으로 개발해도 좋을 것이다. 하루는 남편이 최근 특허 받은 나노테크놀로지 신기술 대해 이야기했다. "물고기 비늘로 재생한 특수 피부를 손바닥에 이식한다. 이식 생성 후 피부에는 코팅막이 생성된다. 고로 작업자들이 장갑 없이도 험한 수작업을 할 수 있다. 일의 효율은 증대되고 산재의 가능성은 낮아진다." 아기 손에 이 혁신적인 과학 기술을 적용하면 어떨까 하는 생각이 잠시 스쳤으나 이 신기술은 형이 보낸 만우절 농담이었음이 잠시 후 밝혀졌다.

아기가 마당에서 기어 놀다 목욕하고 잠이 들면 나는 조심스레 아기의 손을 이리저리 살핀다. 오늘 큰 상처가 생기지 않았나, 나무 가시가 박히지는 않았나. 간혹 반쯤만 들어간 잔가시가 발견되면 손톱깎이로 잡아서 살살 빼주기도 한다. 하루빨리 우리 아기가 두 발로 걸어 다니며 강아지랑 놀 수 있기를. 우리와 양손을 잡고 걸어서 탐험할 수 있는 그날이 오기를 손꼽아 기다린다. 바야흐로 계절은 따땃한 볕이 내리는 봄이다.

바야흐로 계절은 따땃한 볕이 내리는 봄이다.

포유류로 돌아가는 시간

달이 차오르듯 배가 동그랗게 차오른다. 내 안에서 생명이 꿈틀거릴 때마다 지난 출산의 순간이 떠오른다. 두려움이 엄습한다. 또다시 출산을 기다리며, 아이 낳는 고통이 몸에서 상기되며 머리와 가슴으로 스멀스멀 전달된다. 그러면 나는 눈을 질끈 감는다. 예정일이 다가올수록 큰 배로 인해 숨이 차서 바로 눕지도 못하고 양옆으로 몸을 뒤척이는 불면의 밤이 잦아졌다. 잠 안 오는 까만 밤이면 다시금 인간이기 이전에 포유류 본능에 가까운 출산을 고민하기도 한다. 한때 인권 분만을 주장하는 산과의사 미셸 오당Michelle odent의 『농부와 산과의사』를 읽으며 나는 포유류 근원에 충실한 출산을 해야겠다고 결심했던 때가 있었다. 그의 글귀는 첫 출산을 앞둔 나를 사로잡았다.

> 출산은 여성이 자신의 가면을 벗어버리고 '사람' 되기를 멈추어 포유류 근원으로 돌아가는 방법이다.

출산 경험이 없던 나는 이 문장에 매료됐다. 사람 가면을 벗을 내 첫 경험을 기다리며 자연 출산에 관한 책들을 탐독했다. 그리고 생명을 낳는 첫 경험이 야생 포유류 암컷처럼 본능적이길 기대했다.

> 출산 전 진통은 자궁수축을 통한 아기 움직임의 동력이다. 그 수축의 리듬과 강도는 아직도 의학적으로 설명할 수 없는 미묘한 호르몬들의 작용으로 이루어진다. 출산을 관장하는 호르몬 옥시토신은 출산을 방해하는 요소가 있으면 쉽게 억제된다. 때문에 가령, 누군가가 나를 관찰하고 있다는 게 느껴지면 호르몬 분비는 스스로 둔화되고, 출산은 지연된다.

그러나 내 소망은 이름뿐인 르봐이에 분만을 하던 산부인과에서 첫 산고를 겪으며 물거품으로 돌아갔다. 산부인과 출산은 은밀하지도 않았을뿐더러, 산모를 인내심 없는 응급 환자로 취급했다. 내 몸의 신호와는 상관없이 병원 매뉴얼과 의사 스케줄에 따라 자궁수축제가 다량으로 투여된 전형적인 병원 출산이었다. 그것은 인간의 가면을 벗는다기보다는 오히려 그 가면을 더욱 견고히 뒤집어쓴 행위였다. 여성의 본능은 무시되고 출산을 타율화하는 지극히 의료적인 절차였다.

한편, 산고란 그리 만만한 것이 아니었다. 산고를 겪으며 나는 죽음을 생각했다. 세상에 존재하는 모든 고통을 생각했다. 어느 극심한 고통의 순간, 아기가 내 다리 사이에서 미끄러지듯 빠져나오자 죽을 것 같던 통증이 갑자기 멈춰버렸다. 나는 다시는 아기를 낳지 않을 것이라 남편에게 선언하고 다시 이따위 고통을 겪지 않아도 된다는 안도감에 젖었다. 그러나 얄궂은 운명은 내 자궁에 또다시 아기를 심었고, 나는 네 번째 출산을 기다리며 다시 다가올 고통의 순간에 몸서리치고 있다.

모든 생물이 동면에 들어간 듯 조용하던 어느 겨울밤, 작은 물 폭탄이 내 몸통 아래에서 '퐁' 하고 터졌다. 오줌을 싼 것처럼 속옷뿐 아니라 이불까지 젖었다. 아기가 세상에 나오려고 양수 주머니에 구멍을 낸 것이다. 진통은 없어 그냥 잠을 청했다. 경험상 진통과 분만은 체력 싸움이다. 잘 먹어야 하고 잠도 자두어야 분만에 집중할 수 있다. 잠결에 후속 폭탄들이 퐁, 퐁 하고 터졌다. 그러다 결국엔 줄줄 흐른다. 두꺼운 생리대를 대고, 자는 남편과 겨우 18개월 된 셋째를 물끄러미 들여다본다. 올 것이 왔나 보다. 어린 셋째가 오늘 누나 되려나 보다. 측은하다. 연년생으로 들어선 동생만 아니라면 아직 엄마 품에서 떨어질 나이가 아닌 두 살 아기다. 엄마는 아가 동생 낳고 산후조리원에 이 주간이나 있을 거란다. 잘 지내고 있어, 라고 눈으로 속삭인다.

여전히 어두운 밤인지라 누워 있다, 선잠 들기를 반복했다. 이상하게도 진통이 오지 않는다. 양수가 이렇게 줄줄 새면 아기가 타고 올 파도 같은 진통이 몰아쳐야 하는데. 이 생각을 하면서 누워 있다 시계를 봤다. 어느덧 겨울 아침의 동이 텄다. 엄마에게 소식을 전하고, 여전히 자는 아이들을 돌아보고, 주섬주섬 옷을 입고, 싸놓았던 가방을 꺼내 병원 갈 준비를 했다.

한겨울 아침, 남편이 운전하는 동태처럼 얼어붙은 차를 타고 나섰다. 흐린 일요일의 거리는 한산했다. 담담한 마음과 달리 몸은 긴장하고 있었다. 병원에 도착하자 분만실과 같은 층에 있는 입원실로 안내됐다. 바로라도 출산할 수 있도록 아래가 트인 분만복으로 갈아입고 침대에 누웠다.

여전히 산통은 오지 않고 양수만 줄줄 흐른다. 옆방에서는 초산인 여자가 짐승 같은 소리를 내며 진통하다 분만실로 들어갔다. 그녀는 고통에 찬 울음과 비명 끝에 아기를 낳았다. 갓난아기의 가녀린 울음소리가 들린 후 산모의 고통이 언제 있었냐는 듯 그녀의 가족들은 웃음꽃을 피웠다. 옆방의 분만 과정을 듣고 있던 나는 더더욱 초조해진다. 이상하게도 내 안에는 진통이 찾아오질 않는다. 파수된 후 24시간 안에 아기를 낳는 것이 병원 원칙인데, 진통 없이 한나절이 지나고 있다. 남편은 입원실 한구석 탁자에서 가져온 노트북을 켜고 무언가에 열중하고 있다. 간혹 나에게 멀고 먼 타국의 소식을 전해주기도 한다. 수컷의 아빠 되기는 암컷에 비하면 정말 식은 죽 먹기다. 타국의 소식들은 내 귓전에서 꿈결처럼 흩어져버린다.

해가 지려 한다. 하루 종일 새어버린 양수를 생각하면 이제 아기는 내 몸 밖으로 나와야 한다. 오후 5시, 오늘 밤 힘을 쓰기 위해 일찍 저녁을 먹었다. 겨울 해는 져버렸다. 산통이 시작되지 않자 결국 촉진제를 놓아 진통을 유도하기로 했다. 출산이 의사의 손으로 넘어오기 전 전통 사회에서는 오늘 나와 같은 경우에 어떻게 했을까? 라는 의문이 스쳤으나, 겁 많은 나는, 파수된 양수를 방치하면 감염을 우려하는 현대 의학에 내 몸을 맡겼다. 똑 똑. 링거의 진통제가 한 방울씩 내 혈관으로 들어간다. 가끔 간호사가 와서 내 배를 흔들면 진통이 강해지기도 했다. 한 시간쯤 뒤 링거액은 바닥났다. 내 몸에서 링거 바늘을 빼고 더 큰 진통을 유도하기 위해 침대에서 일어나 엉금엉금 걷기 시작했다.

기다리던, 그러나 결코 겪고 싶지 않던 고통의 시간은 예상보다 빨리 다가왔다. 몇 발자국 걸었을 뿐인데 강한 진통이 파도처럼 몰려온다. 성난 파도들은 내 몸을 강타하고, 결국 남편 허리를 붙잡고 서 있다 주저앉아 새어 나오는 신음을 참지 못한다. 초대형 태풍에 휩싸인 집채만 한 파도들이 빠른 속도로 몰아친다. 간호사가 다가와 내진을 한다.

"자궁 문이 거의 다 열렸어요!"

다급해진 간호사는 나를 바로 분만실로 안내했다. 몇 발자국 떨어진 분만실에 겨우 들어가, 다 늙은 네발짐승처럼 분만대 위에 기어올라 다리를 벌리고 누웠다. 신음은 어느새 비명으로 바뀌었다. 새어 나오는 비명 사이로 눈물이 뺨을 타고 내렸고, 가장 두려워하던 시간이 다가왔으며, 간호사의 호출로 의사가 성급히 들어왔다. 남편은 어느새 수술 가운을 입고 내 머리 위쪽에 대기했다. 그 와중에 간호사는 찬송가를 틀었다. 곧 탄생할 생명을 축복하는 느린 템포의 경건한 찬송가와는 대조적으로 내 몸에서는 극도의 고통에서 오는 동물적 함성이 터져 나왔다. 아기는 내 자궁과 이별하고 나선형으로 골반을 돌아 좁은 자궁경부를 열고 세상을 향해 돌진하고 있다.

마지막, 마지막으로 한 번 더!

뼈를 가르는 거대한 파도!

바로 다음 찰나,

아기는 내 몸 밖으로 미끄러져 나왔다. 세상의 모든 인류가 그랬던 것처럼, 내 살과 뼈와 피로 만들어진 태아는 마침

내 인간으로 구현되었다.

탄생과 함께 극도의 고통이 순식간에 지나갔다. 첫째, 둘째, 셋째 아이를 낳을 때 겪었던 몇 시간씩 걸린 산고에 비하면 진통 시간은 몇 배나 단축되었다. 그러나 출산 순간, 그 고통의 강도는 지난번과 다름이 없었다. 생生의 문을 여는 순간의 고통이란 그 누구에게나 평등한 것인지. 남편은 진통에서 분만까지 30분도 채 걸리지 않았다고 귀띔한다. 순식간에 나온 빨건 핏덩이가 내 가슴에 놓이자 이게 꿈인가 생시인가 하는 생각이 든다. 아! 인생의 진정한 마지막 산고가 이렇게 지나간다.

한 생명의 첫발을 축복하는 찬송가가 나직이 울려 퍼진다. 내내 엄격하던 간호사는 환하게 웃으며 순산을 축하했다. 빠른 순산이 넷째 엄마의 힘이라며 치켜세우기까지 했다. 아이를 출산할 때마다 환하게 웃던 남편은 이번만은 웃지 않는다. 무無에서 존재를 만드는 잉태와 탄생의 과정을 네 번째 목도한 남편은 이제야 그 심각성과 경중함을 깨달은 듯한 표정이다. 순탄하지만은 않았던 이번 아기의 탄생 과정을 지켜본 남편은, 그의 얼굴에서 나오는 가장 진지한 표정으로 아기를 품에 안는다.

다시 아침이다. 입원실의 불투명한 창문 사이로 새 아침이 얼비친다. 하체의 거동이 불편한 나는 가만히 침대에 누워 파노라마처럼 스치는 어제의 일들을 곰곰이 되새김질한다. 어제 해가 지자 나는 좌뇌와 우뇌가 아닌 원시뇌의 강한 신호를 받아 뱃속의 새끼를 빼내려 안간힘을 다하고 있었다. 결국, 인간의 가면을 벗고 야생의 포유류 근원에 가까운 출산은 아니었다. 은밀하지도 않았거니와 자궁수축제와 항생제가 투여된 의료적 출산이었다. 그러나 이젠 아무렴 어떤가. 어쨌든 언제나처럼 내 몸 안으로부터 새 생명을 맞이하는, 심오하게 인간적이며 강렬하게 여성적인 출산이란 대업이 내 삶의 모퉁이를 지나고 있다.

창문을 열어보니 금방이라도 진눈깨비가 휘날릴 것 같은 무거운 회색빛 겨울 하늘이 펼쳐진다. 5층 입원실 아래 세상은 높이가 들쑥날쑥한 건물들, 너저분한 골목골목, 시장통이 내려다보이는 변두리 서울의 대로변이지만 오늘만큼은 이 풍경이 무척이나 정겹고 아늑하다. 곱슬곱슬한 머리카락과 오동통하게 부푼 볼을 갖고 태어난 아기는 벌써부터 내 마음을 사로잡는다. 새로운 사랑이 싹트고, 이 아기와 함께할 긴긴 날들에 마음이 설렌다.

고통이여 안녕.

거무튀튀한 진흙탕에서 피어난 고귀한 너, 수련

쌀쌀해도 봄 마실

100년 만에 가장 추운 4월, 기상청은 올봄을 이렇게 기록한다. 내일모레가 5월인데 어제 산에는 눈발이 날렸다. 고추 할머니는 자기 평생 이렇게 추운 봄은 처음이라며 올해 농사를 걱정하신다. 이런 봄, 우리 아기는 이제 막 걷기 시작했다. 아장아장 뒤뚱뒤뚱 아기 걷는 뒤태를 보면 귀여워서 절로 웃음이 번진다. 아직 걸음이 서툰 아기는 몇 발자국 걷다 주저앉고 말지만 그래도 놀라울 정도로 잘 걷는 편이다. 몇 발자국 걷다 주저앉는데, 놀라울 정도로 잘 걷는다? 앞뒤 맞지 않는 소리를 해명하자면, 우리 아기가 초보 수준의 걸음마로 매일 야산의 이 길 저 길을 따라 마실을 다니기 때문이다. 산에 난 흙길에 아기를 세워놓으면 그때부터 아기는 자유 탐험을 시작한다. 산길은 당연히 평평하지 않다. 고르다가도 다시 울퉁불퉁한 바닥이 등장하고 길에 숨어 박힌 돌들이 우리 아기의 무릎을 위협하고 있다. 게다가 오늘은 어제 내린 눈이 녹아서 팬 곳도, 진흙탕도 군데군데 있다. 때문에 아기는 여러 번 미끄러졌지만 아랑곳하지 않고 다시 벌떡 일어나 아직은 서툰 걷기로 세상을 탐험한다. 이제 막 걷기를 시작한 아기와의 산골 봄 마실, 엄마인 나에게는 정말 특별하게 다가온다.

쌀쌀한 봄날, 하늘은 새파랗고 골바람은 차다. 오늘도 어김없이 아기에게 주섬주섬 방한복을 입히고, 모자를 씌우고 밖으로 나왔다. 막 올라온 어린 쑥이라도 뜯어야겠다는 생각으로 작은 가방을 챙기고, 빈 아기 띠를 등에 지고 아기와 봄 마실을 나선다. 사실 오늘은 겨울이 남긴 매서운 봄 공기를 피해 따뜻한 방구들에서 호떡처럼 몸을 뒤집고만 싶었다. 그러나 이미 바깥세상을 맛본 우리 아기는 날씨라는 조건에는 무관심. 아침을 먹고 몸이 풀리자 벌써부터 문 앞에서 워밍업을 한다. 나는 늦장을 부리다가, 문 앞에서 보채는 아기를 보느니 차가운 봄바람을 맞기로 작정하고 나섰다. 고운 모래들이 펼쳐진 적당한 길가에 아기를 세워놓고 나는 주변에 올라온 어리디어린 쑥을 뜯기 시작했다. 아기는 길가 주변의 마른 풀들은 가지고 놀다가 봄풀을 뜯어 먹기도 한다. 우리 아기 입 주변에는 종종 흙이 묻어 있다. 내가 쭉 도시에 살았다면, 그 공간에서 엄마가 되었다면, 아기가 흙을 먹게 놔두지는 않았을 것이다. 그도 그런 것이, 콘크리트 정글에는 일단 흙이 귀하다. 도시의 놀이터나 학교 운동장에는 흙

하늘 아래 홀로 걷다 1

이나 모래 대신 우레탄을 깔아놓은 세상이 되었다. 깔끔하게 딱 떨어지는 아파트에 살았더라면 아기가 흙 만질 일도 드물었을 것이고, 분명 나도 여느 엄마들처럼 위생적으로 아기를 키웠을 것이다. 도시에 사는 내 또래 엄마들처럼 말이다.

위생과 깔끔함에 대한 과도한 강박은 도시적 습성이다. 산에 살다 보니 자연스레 그것들에 대한 새로운 기준이 형성됐다. 내가 덜 씻을수록 내 집 뒤에 흐르는 냇물은 더 청명하다. 사람의 손길이 지나지 않은 자연은 언제나 있는 그대로 깨끗하다. 그렇게 여기다 보니 아기가 흙도 먹는 판에 흙바닥에서 뒹구는 것도, 흙손으로 뭔가를 집어 먹어도 나는 그냥 보고만 있다. 나들이를 다니다 아주 푹신한 흙을 찾으면 아기는 벌렁 누워 뭔가 사색하는 양 오랫동안 하늘을 바라보기도 하고 여기저기 뒹굴기도 한다. 이렇게 노는 아기를 본 누군가는 엄마인 나를 나무랄 수도 있겠으나, 나는 자연과 교감하는 우리 딸을 그대로 방치한다.

아기를 키우다 보니 서울에서 나고 자란 내 유년기를 되짚어보게 된다. 우리 아기와 비교하면 나는 터무니없이 자연과의 접촉이 부족했다. 아빠는 회사에 다녀 바쁘시고, 엄마는 살림하며 나와 남동생을 여느 서울 엄마들처럼 키웠다. 블록놀이 하는 동생 옆에서 인형놀이 하고, 때가 되어 유치원 다니고, 학원 다니고. 요즘 도시의 아이들이 하지 못할 특이할 만한 것이 있었다면, 집으로 돌아오는 골목길에 쪼그리고 앉아 오줌 눴던 기억 정도.

자연과의 접촉이 아주 없었던 건 아니다. 도봉산 자락에 살았던 우리는 동네 아줌마들과 약수터로 소풍을 가곤 했다. 사실 그 기억이 뚜렷하진 않지만 수십 장의 사진들이 내 유년의 추억을 재구성한다. 어쨌든 확실한 건, 어릴 적 나는 약수터 가는 걸 참 좋아했다는 사실이다. 아카시아 줄기를 따서 이파리를 뜯으며 고운 흙길을 걷는 게 좋았다. 시골이었던 친가나 외가에 가는 것도 좋아했다. 그래서 아주 어릴 적 할머니가 사셨던 시골 집 마당의 정취가 몇 장의 사진처럼 떠오른다. 너른 마당 한켠에 탈곡기며 맷돌, 외양간 밖으로 머리 내민 소. 그 마당에 내 키만 한 닭이 돌아다녀서 울음을 터트리고, 대문 앞 늙은 은행나무 아래에서 내내 흙장난하고, 하얀 새벽안개 너머에서 풀죽 쑤던 할머니와 그 냄새가 아직도 내 감각 속에 살아 있다. 오랜 시간 떠올리지 않던 이런 유년의 단상들은 산골에서 아기를 키우는 나에게 불현듯 생생하게 되살아나, 가끔 멍하게 앉아 그 기억들을 되씹어본다. 전형적인 도시인으로 산 10대와 20대의 시공을 뛰어넘어, 유년시절 시골 할머니 댁 마당에서 놀던 나와 산골을 누비는 내 어린 딸이 만나게 된다.

30년 넘게 서울에 살았지만 나는 답답한 실내보다는 실

하늘 아래 홀로 걷다 2

외를 좋아했다. 백화점보다는 공원을, 쇼핑보다 산책을 좋아했다. 한창 유행과 또래집단의 취향이 중요한 스무 살 무렵, 고수부지에 가자는 나에게 친구는 "구려"라고 했다. 구리다는 말에 나는 내 '취향'이 약간은 부끄러웠다. 그래도 마음 착한 친구는 그날 나와 고수부지에 가서 한 방향으로 흐르는 강물을 바라봐줬다. 그러다 친구가 말했다. "이게 다야?" 무료해진 친구와 나는 이대 앞으로 향하는 버스를 탔다. 그리고는 옷 가게를 순례하고, 서로의 액세서리를 골라주고, 떡볶이를 먹고, 노래방에 갔다가, 가발을 쓰고 깜찍한 스티커 사진을 찍어서 나눠 가졌다.

내 과거의 취향을 돌이켜 보니 지금 산에 사는 내 모습이 낯설지 않다. 물론 도시에서 30년 넘게 산 습習이 내 몸과 마음 곳곳에 남아 있지만, 그래도 내 본성은 자연 안에서 평화롭다. 그렇기 때문에 까다로운 수발이 필요한 우리 아기와의 봄 마실도 마다하지 않는 것이 아닐까? 차가운 봄바람을 맞으며 산에서 자란 우리 딸은 아마도 잡초처럼 강한 생명력과 푸른빛으로 자라날 것이다. 그리고 우리는 자연과 교감할 것이다.

아듀adieu, 쭈쭈

17개월간의 모유 수유, 그 막이 서서히 내려간다. 생후 3일, 산부인과에서 퇴원해 모유 수유를 본격적으로 시작한 그 밤, 아기는 앙증맞은 몸의 모든 에너지를 불태우듯 울어댔다. 첫 아기. 첫 번째는 언제나 미숙하다. 3일 전 초산을 치른 미숙한 엄마는 어떻게 젖을 빨려야 하는지 감을 잡을 수 없었다. 간호사들이 알려준 대로 하는 것 같은데, 아기는 뭣이 불편한지 자지러지게 울어대기만 했다. 내 젖을 빨지 않으면 배고플 텐데. 어쩌지, 어쩌지…. 너에게 분유를 줄 수는 없어…. 완모(완전 모유 수유)를 결심한 이상 더는 분유를 먹이지 말라고 사람들이 그랬어. 그 밤, 배를 곯아 울고 있는 아기가 결국에 젖을 물자 가슴에서 모유가 돌았고, 내 유전자에 내재된 깊이를 알 수 없는 모성의 샘이 마침내 그 정체를 드러냈다.

몇 시간의 투쟁 끝에 아기는 결국 젖을 빨다 잠들었다. 그 밤 이후 아기는 엄마 쭈쭈에 대만족하게 되었다. 아기가 울면 밤이든 낮이든 젖을 물렸다. 배고파서 울 때, 심심해서 울 때,

졸려서 울 때, 짜증나서 울 때, 쭈쭈는 언제야 특효약이었다. 쭈쭈를 먹고 나면 아기는 잠들거나, 방글방글 웃거나, 평정을 되찾았다. 그렇게 17개월…. 젖만 빨던 갓난이는 걷고, 뛰고, 말귀를 다 알아듣고, 몇 단어로 감정표현을 하는 아기로 성장했다. 그리고 나는 둘째 아기를 갖게 되었다.

몇 달 전부터 어떻게 단유를 시도해야 할지 고민이었다. 큰 아기가 되었지만 밤이면 여전히 여러 번 깨서 젖을 빨아야 다시 잠에 들었다. 이렇게 17개월을 하다 보니 만성적인 어깨와 허리통증이 따라왔다. 엎친 데 덮친 격으로 둘째를 임신하자 내 체력은 바닥을 치고 있다. 임신 초기의 헛헛한 피로와 미묘한 입덧으로 먹기도 귀찮은데, 내 입 하나에 내 몸, 우리 딸 쭈쭈, 새 아기의 체세포 분열까지 3인분을 건사하고 있으니. 밤에 잠이라도 쭉 자고 싶은 마음이 간절했다. 졸려 죽겠는데 한밤중에 우는 아기 젖 먹이다 보면, 그 소리에도 아랑곳하지 않고 쿨쿨 자는 남편이 괜스레 얄미워 코를 확 잡아당기고 싶기도 했다.

고민만 하고 어찌할 바를 모르던 마음 약한 첫째 아기 엄마, 결국 다시 친정엄마 찬스를 쓰기로 했다. 아기와 쭈쭈를 결별시키기 위해 아기의 외할머니 댁에 올라갔다. 밤에 쭈쭈를 주지 않는 작전이 시작된 밤, 아기는 할머니와 놀다 잠들었다. 나는 측은한 맘은 뒤로하고 비장한 결심을 한 채 잠자리에 누웠다. 생후 세 번째 날 이후 처음으로 아기와 떨어진 밤이었다. 야밤의 어느 시간, 아기는 어김없이 깨서 울고 있다. 한번 울면 있는 힘을 다 뺄 때까지 우는 우리 아기. 할머니가 달래고 업어도 주었으나 소용이 없었다. 결국 할머니는 환하게 불을 밝히고 아기에게 밥을 주었다. 그래도 잠들지 않자 뽀로로 노래를 틀어 기분을 달래주었다. 동이 터버린 아침 6시쯤 아기는 다시 잠들었다. 아기가 깨서 우는 그 새벽 내내 나는 방에 숨어 우리 아기를 응원했다. 울어대는 아기에게 달려가 품에 안고 쭈쭈를 주어 다시 고이 잠재우고 싶은 마음이 굴뚝연기처럼 피어올랐으나.

하루 이틀 사흘…. 아기는 울다가 할머니 등에서 잠들었다. 울음 끝은 점점 짧아졌다. 밤 수유는 이렇게 가닥이 잡혀갔다.

이제는 낮 단유 작전. 밤에 젖을 안 주자 아기는 낮 동안 쭈쭈에 대한 집착이 강해졌다. 작정한 날 점심 무렵, 한창 기분 좋게 잘 놀고 있는 아기를 불러 쭈쭈를 보여줬다. 쭈쭈에 찐득하고 시커먼 매실 원청을 바르고, 아주 슬픈 표정으로 아기에게 말했다.

"리연아, 엄마 쭈쭈 아야했어…."

아기는 변해버린 쭈쭈를 하염없이 바라보았다. 감히 만

지려고도, 다가오려고도 하지 않았다. 다만 뭔가 이상하다는 표정을 짓더니 뒷걸음질 쳤다.

“리연아 엄마 쭈쭈는 이제 안 나와. 쭈쭈에게 안녕해.”

아기는 쭈쭈에게 안녕했다. 낮에는 그럭저럭 잘 지나갔지만 어두운 밤이 내리면 아기는 쭈쭈가 그리워 손을 입에 넣고 자지러지게 울었다. 아기를 달래려 업어 재웠고, 새벽에 깨서 울면 토닥토닥 등을 두들겨주는 할머니 품에서 잠들었다. 나는 밤에 깨서 우는 아기 옆에 누워 쭈쭈 대신 배꼽이라도 만지라고 배를 들이댔지만 움푹 들어간 배꼽은 별 소용이 없었다. 몸에 쭈쭈처럼 돌출된 곳이 어디일까 고민하기도 했는데, 여자에게는 코 이외에는 딱히 없는 듯했다.

그렇게 열흘 남짓. 아기는 이제 어느 정도 쭈쭈 없는 삶에 적응하고 있다. 저녁 무렵이면 쭈쭈에 시커먼 매실청을 발라 아기가 젖에서 멀어지게 하고 같이 이불에 누워 뒹굴뒹굴하다 보면 아기는 잠이 든다. 새벽녘 한 번 깨서 좀 징징하다가도 이리 뒹굴, 저리 뒹굴 하다가 다시 잠에 든다. 여기까지 잘 따라온 우리 아기, 기특하다.

갑자기 사랑하던 쭈쭈가 병들어버린 아기의 심정은 어떨까? 그 마음을 헤아리면 언제까지나 아이에게 쭈쭈를 주고 싶다는 약한 마음이 들기도 한다. 사실 젖을 떼는 엄마도 밑도 끝도 없이 섭섭하다. 백일 무렵 아기가 젖을 빨 때면 옥시토신 호르몬의 순간적이고도 강력한 화학 반응으로 크득 크득, 아기를 바라보며 소리 내 웃어댄 적도 여러 번 있었다. 아기가 품 안에서 젖을 빨 때의 그 밀착감, 한쪽 발을 바동거리며 젖을 빠는 귀여운 모습은 이제 느낄 수도, 볼 수도 없으리라. 내 첫 아이와의 독점적 애정의 시간이 다시는 돌아오지 않을 것이라 생각을 하니, 이별의 아픔이 느껴진다. 아듀Adieu, 쭈쭈.

PS : 첫째, 둘째, 셋째, 넷째,
네 아이에게 수유한 시간을 더해보니
6년이 넘는다.
넷째를 단유하는 날 역시 아쉬움이 들었지만
첫 이별만큼 아련하지는 않았다.

아쉬움은 아쉬움.
이제는 아기를 위한 몸이 아니라
온전한 내 몸으로 다시 돌아가려 한다.
홀가분함에 마음이 새털처럼 가볍다.
이제 내 아이들이 온전히 세상 밖으로 나갈 수 있도록
품지 않고 함께 걸어가련다.

굳은 습관을 떼어버리는
인생 첫번째 도전적 과제, 단유.
단유에 성공한 아이들

엄마, 사랑에서 우러나는 자발적 헌신 VS 돌봄이란 이름의 노동

아이 1 : 엉덩이 발사!

아이 2 : 내 엉덩이 만지지 말랬잖아!

두 아이는 치고받고 투덕거리다 결국 하나가 다른 하나를 나에게 고발한다.

아이 3 : 일루와 하울이. 강아지 노리 하자. 누나가 산책시켜줄게. 멍멍 해봐

아이 4 : 멍멍. (웃으며 다시) 멍멍.

아이 3은 아이 4의 목에 기다란 스카프를 묶는다. 순순히 강아지 역할을 하던 아이 4, 돌연 그 역할에 싫증 났다.

아이 4: 하울이 강아지 아니야. 강아지라고 하지 마!

티격태격, 결국 아이 3와 아이 4 방바닥에 뒹굴며 싸운다.

지들끼리 웃다 울다 놀다 싸우는 사이, 엄마는 ㄱ자 부엌을 종종거리며 저녁을 준비한다.

우리 집에서 유일하게 정규직 풀타임으로 초등학교에서 사회생활을 하시는 첫째가 하교하기 전, 엄마는 점심 먹은

설거지를 하고 부엌을 정리한다. 하루 종일 집에서 노는 세 아이가 어질러놓은 거실을 얼추 정리하고, 스쿨버스 타고 오는 첫째를 받으러 간다. 아이가 돌아오면 또다시 시작이다. 엄마가 저녁을 준비하는 동안 거실은 다시 엉망진창. 엄마의 의도와는 다르게 부엌도 다시 엉망진창. 네 아이들과 함께 역시나 정신없이 저녁 식사를 한다. 엎지르고 흘리고, 숟가락은 바닥으로 떨어지고, 누구는 반찬을 더 달라 하고, 누구는 밥을 더 달라 하고, 누구는 물을 달라 하고, 밥 먹다 말고 엄마는 여러 번 앉았다 일어났다를 반복한다. 그러던 식사가 마침내 끝나면 잠시 앉아 숨을 돌린다. 책이나 스마트폰을 보다 고개를 들어 집 안을 둘러보면 정말 가관이다. 다시 몇 년은 안 치운 집으로 둔갑해버렸다. 산 아래로 우르르 쾅 굴러 떨어질 돌을 다시금 위로 들어 올려야 하는 천형을 받은 시지프스처럼 엄마는 또다시 일어나 주섬주섬 부엌 정리부터 시작한다. 최소한 식탁이라도 싹 치워놓아야 아이들이 모두 잠든 시간 홀로 앉아 글이라도 쓸 수 있다.

가끔은 끝없이 반복되는 가사와 돌봄 노동을 포기하고픈 심정이 든다. 그러다가, 사는 게 다 그렇고 그렇다는 진실을 맞닥뜨린다. 비단 가사와 돌봄 노동만이 이 세계에서 끝없이 반복되고 있지는 않음을. 나에게만 시지프스와 같은 끝없는 형벌이 주어진 것이 아님을.

내가 낳아버린 아이들의 뒤치다꺼리 노동은 그렇다 쳐도, 아이 넷을 키우며 진정 인내심이 바닥날 때는 내 아이들이 서로가 서로를 미워하며 싸울 때다. "아이들은 다 그렇죠." 누군가는 그럴 것이다. 물론 서로 챙겨주고, 보듬어주고, 사랑하고, 서로 돌봐주며 다 같이 잘 놀 때도 많다. 그러나 티격태격 싸우고, 갈등하고, 울고, 소리칠 때도 잘 놀 때만큼 빈번하다. 좋을 때는 영락없이 천사 같다가, 싫은 것이 출현하면 뿔 달린 괴물이 된다. 아이를 여럿 키우다 보니 인간 사회의 갈등이 지극히 자연스러운 현상으로 스스럼없이 이해된다. 아이들의 다툼에서 정치가들의 권력욕과 독점욕, 기업가들의 금전욕과 소유욕, 모든 욕망하는 이들의 유아적 본능과 이기심을 엿보게 된다. 욕망하는 존재들이 모여 사는 사회에서 크고 작은 갈등은 필연임을 깨닫는다. 그러나 다행히 아이들은 (또한 사람들은) 자신의 이익을 추구하며 타인과 갈등하다가도 일단 욕구가 어느 정도 충족되어 여유란 것이 생기면 타인을 사랑하고 평화를 모색하고 아름다움을 추구하기도 한다. 나는 한숨을 쉬며 생각한다. 갈등이란 존재의 근원이며 삶의 원동력. 고로 회피할 수 없는 것.

그럼에도 불구하고, 첫째와 둘째가, 둘째와 셋째가, 셋째와 넷째가, 혹은 둘씩 편먹고 벌어지는 싸움 현장에 있다 보면 나는 정말이지 이 생지옥 같은 일상에서 해방되어 홀로 떠나고 싶다. 아무도 나를 졸졸 따라오지 않고, 아무도 챙길 필요가 없으며, 오롯이 내 몸 하나만이 가고 싶은 대로, 먹고 싶은 대로, 내키는 대로 마구 시간을 쓰며 바다를 거닐고 싶다. 바다는 새파랗고 파도는 높다. 끝없이 생겨났다 부서져 소멸하는 하얀 파도를 싫증 날 만큼 바라보다가 바다로 창이 난 아늑한 방에 들어간다. 내 기분을 부드럽게 어루만져 주는 글을 읽으며 홀로 단잠을 잔다. 검은 바다 위에 노란 달이 뜨면 더없이 좋겠다.

홀로 하룻밤을 보내고 다시 해변에 나와 끝없이 부서지는 파도를 바라보노라면, 나는 내 뱃속으로 찾아와준 아이들을 떠올릴 것이다. 아이들이 보고 싶기도 하나 혼자만의 시간과 작별하기란 끝내 아쉬울 것이다. 내 아이들 그리고 나. 나는 내 아이들의 엄마. 내가 낳아버린 아이들을 깊이도 모를 만큼 애착하기에 자발적으로 헌신하는, 엄마. 돌봄이란 이름의 노동을 오랜 시간 감당해야 하는, 네 아이들의 엄마.

28개월, 위대한 반항기

1.

품에 안긴 너에게 뽀뽀하면
“뽀뽀하지 마”라며
내 얼굴을 밀어내고

좀 씻자 하면
“씻기 씨러”라며
삼십육계 줄행랑

치카치카 좀 하자면
칫솔을 뺏어 치약만 쪽쪽 빨고

울며 떼쓰는 너에게
산에서 호랑이 내려온다, 하면
“호랑이 업쪄”라며 오히려 큰 소리

2.

엄마가 뭘 좀 끄적이고 있으면

"공부해?"라며

볼펜을 뺏어가고

"나도 공부해"라며

뺏은 볼펜을 분해한다.

그거 공부 아니야, 라면

"이거 공부야. 짤하지, 나"

그런 건 공부가 아니고, 넌 공부할 필요도 없다고 하면

단호한 표정으로

"나 공부할 거야"

도대체 넌 공부를 뭘로 아는 거니?

아직 28개월밖에 안 된 것이

반항기만 가득해서

너는 진정한 아나키스트의 아들

위대한 반체제 인사가 될 것이냐

두 손 두 발 다 들었다

그 말귀는 못 알아들었는지
멀뚱멀뚱 나를 바라보는 너
눈만 크면 다냐. 귀여우면 다냐고
공부고 뭐고, 넌 일단 기저귀나 떼라

이 말이 너를 자극했던지
내가 끄적이던 노트 위로 드러눕는 너

28개월, 위대한 반항기

4장

책과 영화 속으로

산방에서 펼쳐지는
이야기 세계

우리 모두 안에 뫼르소

–알베르 카뮈의 『이방인』

김영하의 『살인자의 기억법』 마지막 장을 넘기며 불현듯 뫼르소가 떠올랐다. 감옥 안에서 기억을 잃어가며 공空을 읊조리는 연쇄 살인자는, 마치 벽을 마주하고 수행 정진하는 수도승처럼 존재란 시공에 떠다니는 먼지 같은 것이라 독백한다. 1942년에 출판된 알베르 카뮈의 작품 『이방인』의 주인공 뫼르소는 수십 년 동안 취미로 사람을 살해한 연쇄살인범 병수와는 달리 우발적 살인을 단 한 번 저지른 인물이다. 뜨거운 태양 아래 시비가 붙었던 아랍인에게 네 발의 총알을 쏴버린 그는 하늘빛을 감상할 수 있는 독방 감옥에서 사형을 기다리며 삶을 관조한다. 김병수와 뫼르소. 얼토당토않는 비교일 수 있으나, 선과 악의 경계를 넘어선 두 인물의 사유에서 나는 묘한 공통분모를 발견했다. 이미 어느 인터뷰에선가 작가 김영하는 소설의 모티브를 고전에서 찾는 경우가 있다고 하지 않았던가. 『살인자의 기억법』은 혹시 이방인을 모티브로 한 소설이 아닐까. 분량도 중장편 정도로 엇비슷하다. 여기에 생각이 미치자 『이방인』을 다시 읽어봐야겠다고,

그러니 내일은 도서관에 가봐야겠다는 생각이 들었다.

카뮈의 이방인을 읽은 지 채 20년이 되지는 않았다. 대학 3학년 1학기, 불소설 강독 시간에 난 이방인의 불어 원서와 씨름해야 했다. 형편없는 불어 실력의 불문과 3학년생. 불소설 강독은 점심 직후 시간이었는데, 옅은 색의 블라인드를 친 창문 사이로 뜨거운 하오의 햇살이 투과되던 오렌지빛 강의실의 나른한 분위기가 뫼르소와 함께 떠오른다. 느린 말투에 풍채 좋던 강사는 졸음과 사투를 벌이던 강의실의 침묵 속에서 우리에게 실존과 부조리에 대해 뫼르소만큼이나 무덤덤하게 설명했다.

"오늘 엄마가 죽었다, 이 문장은 세계 문학사에 길이 남은 첫 문장입니다."

이를 설명하며 무관심이 성격일 것 같던 강사의 얼굴에 잠시나마 흐릿한 미소가 스쳐 갔고, 지금 와 생각하니 그것은 열정이었다는 생각이 든다. 그때의 나는 그것이 왜 명문인지 이해할 수 없었다. 다만, 오늘 엄마가 죽었다Aujourd'hui, maman est morte라는 간결한 단문에서 불소설 강독 수업을 과락하지 않을 것이라는 한 줄기의 실낱같은 희망이 느껴졌다. (세월이 지난 지금, 나는 이 첫 문장을 탁월한 명문이라 인정한다. 간결하면서도 강렬한 첫 문장은 소설 전체에 먹구름 같은 복선을 밀고 온다.)

그렇게 한 학기 내내, 세계적인 고전임에도 우리 같은 불문학 학부생들도 술술 읽을 수 있다는 『이방인』을 헉헉거리며 따라갔다. 대학 1, 2학년 내내 불어를 멀리하고 살았던 나는 동사 변화와 시제만을 따라가기에도 급급했다. 두어 주가 지나자 강사는 엑스포제를 제안했다. 돌아가며 순서를 정했고, 맡은 부분을 발표하는 날이면 강사 옆에 마련된 자리로 나가 원문을 읽고 번역하는 순으로 엑스포제가 진행됐다. 계절은 한 발짝씩 여름을 향해 가고. 내 순서가 무사히 지났고, 내 남자친구의 순서도 지났다. 카뮈와 사르트르는 서태지나 김희선처럼 친숙한 인사가 되었고, 실존과 부조리적 언사는 우리들 사이에 유행어처럼 번져갔다. 학기 말에 접어들며 뜨거운 여름이 성큼 다가오자 점심 직후 강의실까지 오는 길은 뜨거웠다. 땡볕을 걷다가 3층인 강의실에 들어서며 누군가는 말했다. 살인을 저지르고도 남을 날씨다, 날씨가 이러니 뫼르소가 살인을 저지른 것이지. 식당의 밥이 부조리하도록 맛이 없다, 이러고도 살아가는 것이야말로 실존이다. 이런 류의 농담이 오가며 한 학기가 저물어갔다.

공공도서관에서 새움출판사에서 번역한 『이방인』과 같은 출판사에서 나온 『카뮈로부터 온 편지』를 찾았다. 이정서가 번역한 이방인의 뒤편에는 역자 노트가 수록되어 있어 오랜만에 원문도 읽을 겸 이 책을 집어 들었다. 이방인을 번역하며 쓴 소설인 듯한 『카뮈로부터 온 편지』도 같이 빌렸다. 역자가 주인공인 이 소설은 이미 여러 출판사에서 나온 『이방인』들을 대조하며, 잘못된 번역이 카뮈의 의도를 왜곡하고 있다고 지적한다. 원문과 함께 역자의 설명을 읽어보니 과연 그런 것 같았다. 카뮈로 박사 학위를 받은 불문학계의 모 교수가 번역한 이방인은 주요 인물인 '레몽'의 캐릭터를 왜곡하는 부분이 있었다. 그로 인해 독자는 뫼르소라는 인물을 그냥 이해할 수 없는 '부조리'한 인물로 단정 짓는 오류를 범할 수 있다는 역자의 설명에 나는 순순히 동의했다. 부조리한 것은 뫼르소가 아니었다. 뫼르소의 지인들이 재판장에 나와 그가 성실한 생활인임을 증언했으나 이는 비웃음거리가 되었고, 메르소의 애인 마리의 증언은 사실을 이야기함에도 교묘하게 검사가 의도하는 방향으로 왜곡돼갔다. 그리하여 뫼르소는 어머니의 장례식에서 눈물 한 방울 흘리지 않은 채 담배를 피우고 카페오레를 음미하는, 마치 김영하가 창조한 냉혈 살인범 같은 인물로 단정되고, 결국 사형이란 형벌을 받는다. 기존의 가치 체계에 순응하지 않는 자에게 내려지는 사형, 이는 부조리했다.

사형 선고를 받은 뫼르소에게 부속 사제가 찾아온다. 사제는 "죽음은 당신에게 오는 형벌이 아니다. 우리 모두는 죽는다. 우리 모두는 사형수인 셈이다."라는 존재론적 발언으로 뫼르소를 위로하려 든다. 그렇다. 삶이란 결국 태어나는 순간부터 죽음을 향하고 있는 것이다. 뫼르소는 형장으로 가기 전 실로 오랜만에 엄마를 떠올리고, 양로원에서 생을 마감한 엄마의 말년을 그려보고, 약혼녀 마리를 생각하고, 삶과 화해한다. 그리하여 사형을 앞둔 뫼르소는 감히 행복을 언급하며 아름다운 독백을 남긴다.

> 나 역시 모든 것을 다시 살아볼 준비가 되었음을 느꼈다. 마치 이 거대한 분노가 내게서 악을 쫓아내고, 희망을 비어 낸 것처럼, 처음으로 신화와 별들로 가득한 그 밤 앞에서 나는 세계의 부드러운 무관심에 스스로를 열었다. 이 세계가 나와 너무나 닮았다는 것을, 마침내 한 형제라는 것을 실감했기에, 나는 행복했고, 여전히 행복하다고 느꼈다. 모든 것이 이루어졌다는 것을 위하여, 내가 혼자임을 덜 느낄 수 있도록, 내게 남은 유일한 소원은 나의 사형 집행에 많은 구경꾼들이 와서 증오의 함성으로 나를 맞아주었으면 하는 것이다.

한편, 새움출판사판 이방인을 읽으며 잘된 '번역'이란 무엇인가를 생각했다. 번역이란, 특히 한국어와 불어 간 번역에는 두 언어 사이의 괴리감에서 오는 보이지 않는 장벽이 존재함을 나는 안다. 두 언어는 언어적으로, 문화적으로, 심지어 사고와 감정의 차원에서 가깝지 않은 관계다. 그러니 불어로 쓰인 텍스트를 한국어로 옮길 경우, 어느 출판사의 편집인이 꼬집었던 것처럼, 제품 설명서를 번역하듯 직역만을 고집할 수는 없음을 인정해야 한다. 특히나 문학 번역은 두 언어 사이 깊은 골짜기에 다리를 놓는 복잡미묘한 작업이므로 수학 문제처럼 한 가지 정답만이 있을 수는 없을 것이다.

기말고사를 치르고 얼마 지나지 않아 불문학 강독 I 의 성적이 나왔다. 워낙 불어를 못하기는 했지만 그래도 한 학기 동안 엄청 노력했으므로 약간은 기대했으나, 역시나 성적은 과락을 면한 변변치 않은 점수였다. 반면 같은 학년이었던 내 남자친구는 기대 이상의 성적을 거두었다. 불어 실력만 본다면 그도 나처럼 변변치 않았는데 말이다. 기말고사에는 두 개의 문제가 출제됐다. 1번은 무작위로 발췌한 이방인 원문 텍스트를 번역하라, 2번은 뫼르소가 방아쇠를 당긴 이유와 부조리에 관해 설명하라.(대충 이런 것이었다.)

군대를 막 제대하고 복학한 남자친구의 감정 상태는 롤러코스터 같았다. 한없이 다정하다가도 뭔가에 심사가 틀어지면 걷잡을 수 없이 돌변해서 '욱', 그러다 결국 폭력을 쓰기도 했다. 나를 처음 때린 날은 나와 같이 눈물을 흘리며 자신을 반성하고 군대를 탓했다. 그 이후로는 눈물 대신 꽃다발을 선사하기도 했다. 그런 그가 불문학 강독 I 에 A학점을 맞고 나에게 했던 말이 지금도 기억난다.

"난 진심으로 뫼르소를 이해해. 뫼르소는 나랑 정말 닮았어. 뫼르소가 불행을 두드리는 네 발의 방아쇠를 당긴 건 말이야, 나도 같은 상황이었다면 그 아랍인에게 총을 쐈을 거야. 넌 뫼르소를 이해해?"

사실 스물한 살의 나는 뫼르소를 이해할 수 없었다. 그냥 시험이니까 그런 인물을 이해하는 척 기말고사 2번 문제를 그럴듯하게 써 내려갔다.

"내 안에는 뫼르소가 있어. 아니 사실 우리 모두 안에 뫼르소란 인물이 있어."

그 말에 나는 내 남자친구의 A 학점을 인정하지 않을 수 없었다.

엉뚱 발랄한 아나키즘 해설서

-구리하라 야스시의 『일하지 않고 배불리 먹고 싶다』

> 최근 몇 년은 데모나 시위에 나가지 않았다. 가 보고 싶은 데도 있었지만 대부분 오후 한 시에 시작이 되니 절대로 시간에 맞춰 갈 수가 없다. 일찍 일어날 수가 없기 때문이다. 늦어도 되겠지 싶어서 기어이 가 본 적도 있지만, 나는 타고난 길치다. 대체로 데모대를 찾지 못하고, 끝나고 난 뒤에 친구들을 만나 술을 얻어 마시고 집으로 돌아온다.

위의 구절을 읽으면 구리하라 야스시의 게으른 하루가 눈에 선하게 그려진다. 내 주변 사람들, 그중에서도 남편과 많이 닮았기 때문이다.

생체 리듬을 무시하고 잠에서 억지로 깨야 하는, 알람시계로 시작하는 아침을 남편은 무척이나 끔찍해한다. 학생 시절 남편은 길고 긴 여름 방학이 끝날 무렵 시골 별장과 이별하고 도시로 돌아오는 것과 한겨울의 깜깜한 아침, 영하 30도의 세상을 가르며 등교하는 것이 싫었단다. 그래서 그는 결심했다고 한다. 어른이 돼도 '지금' 있고 싶은 곳에 살며,

매일 출근해야 하는 직장에는 다니지 않겠다.

결혼 전 서울에 살던 때도 남편은 오전에 일하지 않았다. 물론 오후라고 해서 매일 일을 한 것도 아니었다. 직장에 다니던 나는 이 남자의 아침이 부러웠다. 함께 밤늦게까지 놀다가 아침 '그 시간'이 되어 나만 혼자 부스스 일어나 출근할 때, 그는 여전히 단잠을 자고 있었다. 간혹 내가 부스럭대는 소리에 잠에서 깨어 이불 속에서 눈인사를 하는 날도 있긴 했다.

구리하라 야스시의 게으름 예찬을 읽다 보니, 내가 서울을 떠나 산골에 들어오게 된 이유 중에 아침에 일어나 출근하기 싫어서도 있다고 이제는 말할 수 있다. 그렇다고 해서 우리가 마냥 게으른 사람들은 아니다. (하긴 세상에 천성이 마냥 게으르기만 한 자는 없다. 게으름도 사회적 판단이다.) 시골에서 농경생활을 하다 보면 날씨에 따라 생체리듬이 달라진다. 날이 좋으면 하늘 아래 몸을 움직여 열심히 일하고, 날이 궂으면 집 안에서 게으름을 피운다. 여름이면 더 빨리 일어나고, 겨울이면 더 늦게 일어난다. 그럴 것이라 예상하고 산골에 들어와 살다 보니, 정말 그렇게 살아도 괜찮았다. 주중 낮 시간을 몽땅 임노동과 바꾸지 않아도 먹고살 수 있었다. 집만 해결되면 땅에 심어서 나는 것을 먹고, 돈은 조금만 벌어도 충분한 먹거리를 살 수 있었다. 쌀 20킬로에 4만 원도 안 되는 세상이다. 유행하는 스타일의 옷을 걸치고 어떤 브랜드의 가방을 멜 것인가에 관심을 끊으면 공짜로 구할 수 있는 것들은 넘쳐난다. 고도로 자본화된 한국 사회에서는 재화가 넘쳐나다 못해 쉽사리 버려지기 때문에 '의衣'를 해결하는 것이 그리 어렵지는 않다. 자본주의의 파급효과 덕분에(?) 축적된 사회 전체의 부로 인해 굶어 죽을 가능성도 점점 희박해지고 있다. 소비라는 단감에 현혹하지 않는다면 사실 큰돈을 벌지 않고도 잘살 수 있다. 집값이 어마어마한 대도시를 벗어난다면.

『일하지 않고 배불리 먹고 싶다』. 제목이 눈길을 끄는 책이었다. 대학과 대학원에서 아나키즘을 전공한 구리하라 야스시의 글은 제목만큼이나 엉뚱 발랄하다. 가볍고 재미있다. 자신의 일상에서 건져온 에피소드들은 술술 읽힌다. 엉뚱하게 문을 연 한 장을 다 읽어갈 무렵이면 진중함이 밀려온다. 구리하라 야스시는 자신의 소소한 경험과 고전(대부분 일본)을 통해 이해하기 쉽게 그의 생활 철학을 설파한다. 그의 생활 철학이 '아나키즘'에 영향을 받은 것이라고 대놓고 설명하진 않는다. 다만, 그의 삶 전반에 흐르는 아나키적 사고를 이해하지 못한다면 야스시의 주장은 다만 철없이 게으른 시간강사의 궤변으로만 들릴 수도 있다. 실제로 야스시는 사랑하던 약혼녀에게 책임을 모르는, 어른이 덜 된 철없는 인간이라고 비난받으며 파혼당했다. '거북 모양 멜론빵과 나의 연애'라는 장에서 펼쳐진 그의 연애담을 읽으며 난 야스시와 약혼녀 둘 다에게 감정이입했다. 보건교사이자 성실한 생활인인 약혼녀는 아이를 갖고 가정을 꾸리고 싶어 하지만 정규직을 거부하는 야스시와의 미래를 불안해한다. 한때 나도 그녀와 비슷한 고민을 했다. 자본주의가 장악한 대도시 안에서 야스시 같은 사람과 아이 낳고 가정을 꾸리기란 상상만으로도 불온하다. 약혼자가 돈 벌 의지가 없으며 쇼핑센터 대신 집회에 놀러 가는 사람이라면, 그이의 친구들도 대부분 그런 사람들이라면. 그런 야스시를 못마땅해하던 그녀는 결국 현명한 선택을 한다. 소비에서 즐거움을 찾지 않는 가난뱅이는 싫다고 선언하고 야스시에게 결혼반지를 돌려준다.

"너는 시스템에 길들여진 순한 돼지야. 왜 매일매일 해가 뜨면 해 질 때까지 일해야 하지? 우리가 인생을 그렇게 허비하며 살라고 태어난 게 아니잖아."

야스시는 그녀에게 이렇게 말하지 않았다. 대신 아래와 같은 말을 남기고 그녀와 결별한다.

"네가 원하는 결혼, 꼭 할 수 있길 바라."

순한 사람이다.

나는 정치가 싫다. 그냥 싫은 것이 아니다. 필요없다고 생각하고 있다. 정치라는 것은 사람이 사람을 지배하는 것이다. 없는 편이 좋다. 그래서 선거인지 뭔지로 흥분해 있는 사람들을 보면 김이 팍 새고 만다. 어디어디 당에 누구누구에게 표를 달라니, 알 게 뭐냐.

나는 나의 의지를 타인에게 맡기는 것이 싫다. 타인의 도움이 필요하기는 하겠지. 그러나 내가 말하려는 것은 도움이 필요없다든가 그런 것이 아니다. 나의 주변 일을 스스로 정하지 못하는 것, 적어도 최종 결정권이 극소수의 인간에 맡겨지는 것이 싫다는 것이다. 이건 매우 당연한 일이지만 의식하지 않고 있으면 잊어버리고 만다. 선거 따위 하고 싶지 않다. 민주주의를 끝장내자. 나는 이 당연한 감각을 놓치면 안 된다고 생각한다.

지금 말해본 것은 반정치라는 아나키즘의 기본 원리다. 이런 말을 하고 있긴 하지만 선거 같은 건 필요없다고 하다가도 친구가 전화로 "투표소에 나가부치 츠요시의 노래를 틀어놨던데" 하는 소리를 듣고는 껑충껑충 투표소로 가서 '공산당' 같은 데 표를 던지고 오는 인간이 나다. 어쩔 수 없다. 나는 나가부치 츠요시의 광팬이니까.

참고로 투표소에서 나왔던 곡은 불멸의 명곡 〈건배〉였다. 언제 들어도 좋다. 아아! 가라오케에 가고 싶다.

공공연하게 민주주의를 끝장내자고 주장하는 이 정치학자의 용기에 나는 눈이 동그래졌다.

작년 이맘때가 떠오른다. 매주 토요일이면 박근혜 퇴진을 요구하는 집회로 도심은 인산인해를 이뤘다. 한국 정치판에 워낙 회의적이고, 대부분의 정치인을 신뢰하지 못하기 때문에, 또한 정치에 대해서 야스시와 비슷한 생각을 하고 있기에 나는 정치 뉴스를 외면해왔다. (사실 집에 텔레비전도 없고 인터넷으로 뉴스를 찾아보는 날도 매우 드물다.) 그러나 작년 이맘때만큼은 안 보던 뉴스를 유튜브로 시청하며 정치 동향에 열을 올렸다. 그리고 결국엔 거리로 나가 박근혜 퇴진을 외쳤다. 왜냐면 박근혜 정권은 맛이 가도 너무 갔었으니까, 썩어도 너무 썩어버렸으니까. 조금이라도 '사람'을 생각하는 '척' 조차도 하지 않았으니까.

그런 시국에도 남편은 여전히 현실 정치를 외면했다. "다른 정권이 들어선다고 세상이 달라질 것 같아? 박근혜와 함께 '국가'도 퇴진하고 '민주주의'도 갈아치워야 해." 남편이 이렇게 말했을 때 나는 "넌 한국 사람이 아니라 이런 말을 하는 거야. 세월호 아이들 기억 안 나?"라고 비난해버렸다. 이렇게 해버리고 나자 '아차' 싶었고, 예상대로 남편은 그 말에 발끈했다. 넌 한국 사람이 아니라서 몰라, 이런 식의 말을 뱉으면 소수자인 남편은 나를 편협한 민족주의자로 몰아간다.

차 뒤에 '이게 나라냐. 민주주의 수호'라는 구호를 단 이웃이 있었다. 무주에서 출발하는 전세버스를 타고 토요일 새벽마다 광화문에 가던 이웃은 박근혜 퇴진 요구 집회에 열성을 보이지 않는 남편을 보고 이렇게 물었다.

"니꼴라 씨는 정치에 관심이 많은 줄 알았는데 요즘 한국 상황에는 별로 관심이 없나 봐요?"

그 말에 남편은 이렇게 대꾸했다.

"박근혜만이 아니라 다 바꿔야 합니다."

"네??"

이웃은 잠시 어리둥절한 표정을 지었다. 남편은 장황한 설명을 시작했다. 그럴 때면 한 문장은 길어진다. 주어와 동사가 서로에게서 너무 멀어져 간다. 불어에는 동사가 주어 옆에 있지만, 한국어에는 서술어가 문장 끝에 온다는 것을 망각한 외국인의 한국말은 점점 어려워진다.

도대체 무엇을 다 바꾸자는 말인지, 어디서부터 시작해야 하는지, 그의 내면에 견고하게 자리 잡은 아나키즘의 세계관을 이해하지 못하면 남편의 말은 넌센스다. 다짜고짜 맥락 없이 말하면 어떨 때는 나도 알다가도 모르겠다. 무엇을, 어떻게 다 바꾸자는 거니? 그럼 다시 아나키즘의 저변에 흐르는 것이 무엇인지로 돌아가야 한다.

구리하라 야스시는 이런 문장을 썼다.

생의 본질은 대가 없는 사랑이며 연민의 정이다.

일하지 않고 배불리 먹고 싶다는 그의 뜨악하게 솔직한 글을 읽으며 나는 오랜 시간 동안 생각했던, 그러나 입 밖으로 표현하지 못했던 것에 확신이 갔다.

아나키즘은 사람의 선한 의지를 믿는 것이다! 세상은 자비로 가득 차 있으며 대가를 바라지 않는 사랑이 넘쳐나는 곳이라고 믿는 것이다!

아나키의 상징은 검은색이다. 그 색은 정의할 수 없는 혼돈의 우주를 상징하는 것이라고 한다. 한 인간으로서 나는 헤아릴 수 없는 검은 우주에 자석처럼 이끌린다. 아나키즘은 자신 위에 타인의 군림을 용납하지 않는다는 점에서 자기애自己愛라고 해석하고, 위계적 질서와 권위를 부정하는 면에서 나와 타인을 동등하게 사랑하는 인류애라고 생각한다. 사랑과 자비가 가득한 세상에서 자율적인 삶을 살아가는 것. 이것이 아나키즘이 추구하는 궁극의 상태가 아닐까. 이를 아나키즘이라 부르든 다르게 부르든, 중요한 것은 본질적 가치, 시대와 지역과 종교를 초월한 그 가치일 것이다.

자비. 사람뿐만이 아니라 짐승이나 식물들 역시 공짜로 그들의 몸을 우리에게 내주고 먹힌다. 산과 물, 자연의 모든 것이 그렇다. 모두가 부처가 되어 은혜에 은혜를, 베풂에 베풂을 쌓아 가고 있다. 여기저기도 자비로 가득 차 있다. 그러니 그것을 깨닫기만 하면 된다.

보상이 부족하다고 차별과 혐오를 일삼을 것인가, 차별과 위계에 반대하며 살아 있는 모든 것들과 은혜를 나눌 것인가. 귀를 기울여 보자, 여기저기의 슬럼에서 조미아*의 염불이 들려온다. 산과 강, 물과 나무, 부는 바람, 이는 파도의 소리조차도 염불 아닌 것이 없다.

* 국내에는 『조미아, 지배받지 않는 사람들』이란 제목으로 번역된 제임스 스콧(James. C. Scott)의 책 제목. 국가의 울타리로부터 도망치려는 사람들을 '조미아'라 불렀다고 한다. p.90

산과 강, 물과 나무, 부는 바람, 이는 파도의 소리조차도
염불 아닌 것이 없다.

꽃님들을 소개합니다
–김광화 · 장영란의 『밥꽃 마중』

초여름 텃밭에 우아하고 고전적인 문양의 하얀 레이스가 하늘거린다. 다가가서 보니 꽃이다. 작은 꽃들이 동그랗게 돌아가며 다발 모양으로 한 줄기에서 나오는데, 저걸 따서 결혼식 부케를 만들면 참 예쁘겠다는 생각이 들었다. 꽃에 무지하던 나는 남편에게 그 꽃이 뭐냐고 물었고, 남편은 무심하게 작년에 캐지 않은 당근이 밭에 들어 있다고 했다.

세상에 그게 당근꽃이었다니! 무릇 꽃의 존재는 아름다움을 뽐내기 위함이라 생각했다. 시골에 내려와 살기 전까지는 그랬다. '사람을 살리는 곡식꽃 채소꽃'이란 부제가 들어간 『밥꽃 마중』은 나처럼 무지하고 무심했던 독자들에게 꽃의 효용과 생명으로서의 존재적 역할을 새삼 일깨워준다.

책을 열면 육십여 종의 곡식꽃, 채소꽃이 우리를 기다리고 있다. 여기서 소개하는 꽃들은 앞서 말한 바와 같이 화려함의 대명사인 장미나 작약이나 튤립이 아니라 우리가 흔히 먹는 작물의 꽃인 벼꽃, 보리꽃, 옥수수꽃, 감자꽃, 마늘꽃, 당근꽃, 고구마꽃, 배꽃 등이다. 『밥꽃 마중』은 농부인 직가가 손수 농사를 지으며, 때론 핀 꽃을 찾아다니며 보고 관찰한 세심한 기록이자, 피사체에 대한 애정이 넘치는 생생한 화집이자, 생물학적 지식을 얻을 수 있는 도감이다.

머리글과 차례를 지나 첫 장에서는 우리가 매일 먹는 벼의 꽃을 소개한다. 벼에도 꽃이 핀다는 생각을 해본 적이 없었기에 흥미롭게 첫 꽃 소개를 읽어 내려갔다.

> 농학에서는 벼꽃을 이를 때 '이삭이 팬다'고들 한다. 하지만 자세히 보면 이삭 하나에 작은 벼꽃 100여 송이가 핀다. 우리가 먹는 쌀 한 알 한 알이 이렇게 영그는 거다. (중략) 이렇게 벼꽃 한 송이가 피었다 져야 쌀 한 톨이 된다. 그렇다면 우리가 먹는 밥 한 그릇은? 벼꽃 한 다발이 피었다 진, 사랑의 결실이라 하겠다.

벼꽃으로 시작한 1장에서는 보리꽃, 밀꽃, 기장꽃, 조꽃 등의 곡식꽃 종류와 대두꽃, 동부꽃, 완두꽃, 녹구꽃 등의 콩꽃 종류를 소개한다. 대체로 볼품없는 곡식꽃을 지나 콩과류 꽃들에 이르니 작지만 예쁘장한 것들이 내 눈길을 끌었다. 여러 장의 노란 꽃잎으로 이루어진 팥꽃은 노란 장미처럼 유혹적이고, 샛노란 땅콩꽃은 난꽃처럼 기품 있으되 명랑한 분위기를 풍긴다. 2장과 3장에서는 채소꽃을 장미군과 국화군으로로 나누어 소개한다. 누가 호박꽃을 못생겼다고 했을까? 내 눈에는 흡사 '언니 나팔꽃'처럼 보이는 호박꽃은 쾌활하고도 번죽이 좋아 보인다. 그런 호박꽃이 어여쁘게 폈다가 노란 잎을 오그라뜨리며 축 처져 사그라들면 그 아래에서는 애호박이 올라온다. 꽃이 피고 진 후 열매가 맺히는 것이다. 아이들을 낳고 기르는 여자에게서 싱싱한 젊음이 서서히 사그라지듯. 그러나 그녀의 싱싱한 기운이 고스란히 아이들에게 전달되어가듯 말이다.

> 식물 처지에서 꽃은 에너지 덩어리다. 호박꽃은 워낙 넉넉하다 보니 사람조차 탐을 낸다. 꽃잎을 먹는다. 열매를 맺을 암꽃은 놔두고, 수꽃을 딴다. (중략) 호박꽃은 사랑도 새벽형이다. 꽃가루받이하기 좋은 시간은 오전 6시쯤. 부지런한 벌의 도움을 받아 이른 아침부터 뜨겁게 사랑을 나눈다. 9시 반만 넘어가면 꽃가루는 활력을 잃어버린다. 때맞추어 그 시간만 집중하는 셈이다. 오후 1~2시쯤에는 시들어 버린다. 더는 벌을 받아들이지 않는다. 물론 꿀도 만들지 않는다. 이제부터는 애호박을 키우는데 모든 에너지를 쏟아부을 테니 말이다. 꽃가루받이를 끝내고 축 처진 호박꽃에는 저녁 인사로 뭐가 좋을까?

4장에서는 나무꽃, 들꽃을 소개한다. 겨우내 헐벗었던

나무들이 꽃을 피우는 봄이 되면 마음이 설렌다. 전국 여기저기에서 봄꽃 축제가 마련되고, 사람들은 싱숭생숭한 마음으로 봄꽃을 보러 멀리 여행을 떠나기도 한다. 4월, 흐드러지게 피는 벚꽃을 상상해보라. 봄에는 벚꽃뿐 아니라 배꽃도 피고 복사꽃도 핀다. 하얀 배꽃이 핀 과수원 주변, 분홍빛 복사꽃이 여기저기 피어 있는 시골 풍경은 우리에게 보편적이고도 근원적인 '고향'을 떠올리게도 한다. 배꽃 이야기를 들어보자.

배꽃이 활짝 피는 철이 돌아오면 식구들과 배꽃 나들이라도 다녀오면 어떨까? 배꽃이 피면 하얀 세상이 펼쳐져 그 꽃을 바라보면 마음도 맑아진다. 하지만 향기는 뜻밖에도 '구리다'. 그렇게 깨끗한 꽃에서 나는 향이 밤꽃 향과 비슷하다니, 옥에 티다.
봄에 나무에 흰색 꽃이 환한 건 자두나무꽃도 그러하다. 자두꽃도 배꽃도 흰 꽃잎에 푸른 꽃받침이 같다. 그럼 어떻게 구별할까? 자두꽃은 꽃잎이 작아 꽃잎 사이로 꽃받침이 보여 멀리서 보면 푸르스름한 기운이 느껴진다. 배꽃은 꽃자루가 길고, 하얀 꽃이 한자리에 여러 개가 고르게 모여 편평꽃 차례로 핀다. 암수한그루이며, 꽃잎은 희고 둥근 꽃잎 다섯이 서로 겹쳐지며 피는 갈래꽃. 암술은 배나무 종류에 따라 2~8개. 수술은 20~30개 정도. 꽃잎이 펼쳐지면 그 한가운데 수술의 분홍빛 꽃밥이 동그랗게 모여 허리를 숙이고 있다가, 꽃밥이 익으면 하나하나 허리를 펴고 일어서 꽃가루를 다 날리면 진갈색으로 바뀐다. 우리가 보통 먹는 배 과육은 꽃받침통이 자란 것이며, 가운데 단단한 부분이 씨방이다.

농부는 기르는 작물에 애정을 품는다. 작물도 생명인지라 사랑을 받으면 더욱 큰 에너지를 얻고 꽃을 피우고 열매를 맺어 우리의 밥상에 오를 것이다. 『밥꽃 마중』을 읽다 보면 장영란, 김광화 부부의 사랑이 느껴진다. 농부 작가를 이웃으로 둔 나는 마을을 오가며 이들과 마주쳤던 예전의 기억이 몇 떠올랐다. 이른 아침 산에서 내려오는 김광화 씨가 잣나무에 꽃이 펴서 그걸 보러 갔다 내려오는 길이라고 했던 기억, 벼꽃이 폈다며 삼복더위에 차를 몰고 꽤나 먼 외지로 나가던 모습, 마을 길가에 있는 밭에 쪼그리고 앉아 골몰하듯 농사에 몰두하던 이들의 뒤태가 떠오른다. 의외의 시간에 의외에 장소에 가던 이들 부부가 이런 책을 쓰고 있다는 사실을 몰랐던 나는 작물에 대한 그들의 열정이 유난스럽다고도 생각했었다. 다년간의 유난스러움은 멋진 책을 탄생시켰다. 곡식꽃, 채소꽃에 대한 그들의 관심과 사랑, 사진을 얻으러 발품을 판 열정과 수고로 만들어진 이 책을 생명에 대한 경외심을 점점 잃어가는 현대인들에게 추천하고 싶다.

견고하게 직조된 레이스처럼 우아하게 꽃잎을 펼친 당근꽃

프랑스 좌파들의 뭉클한 인간극장

-목수정의 『파리의 생활 좌파들』

전직 파리의 택시 운전사는 『쎄느강은 좌우를 나누고 한강은 남북을 가른다』로 돌아왔다. 벌써 17년 전의 일이다. 유신 시대 정치 사건에 휘몰리며 프랑스에서 망명 생활을 시작한 작가 홍세화 자신의 경험이 녹아든 전작 『나는 빠리의 택시 운전사』에 이어 프랑스 사회와 우리 사회를 비교한 비평 에세이였다. 작가는 프랑스의 좌우 정치를 파리의 좌우를 가르는 세느강에 비유하며 우리에게 그의 망명지 내부를 소개했다. 대한민국 최초의 가장 민주적인 정부가 들어선 시절이었고, 정치 선진국인 프랑스 사회를 묘사하며 작가 홍세화가 널리 알린 관용이란 의미의 프랑스 단어 '똘레랑스'는 사람들 사이에 오르내렸다. 세월이 흘렀다. 정권이 바뀌었고, 목수정이라는 새로운 세대가 등장했다. 망명이 아니라 유학을 한, 뼛속부터 자유롭고 치마 속까지 정치적인 목수정은 우리에게 그녀의 방식으로 프랑스 '좌파'를 소개한다. 목수정의 『파리의 생활 좌파들』은 15명의 진보적인 파리지앵을 만나 직접 인터뷰한 글이기에 한층 입체적인 시선으로 그들을 들여다보게 한다.

정치에 관심이 없는 사람들이라면 얼핏 '파리의 생활 잡화들'이라고 읽을 수도 있겠다. 파리라는 도시가 정치면 정치, 문화면 문화, 예술이면 예술…. 뭐든 들이대도 다 되는, 워낙 그런 곳이다. 잠시 오해하고 책을 들춰보면 기대했던 신발, 가죽 제품, 생활 잡화들이 아니라 '좌파'라는 사람들이 등장한다. 좌파. 생소하진 않아도 우리에게 구체적인 단어는 아니다. 많은 이들이 좌파가 의미하는 바를 대략은 알고 있다. 반면, 우리의 불행한 현대사에 힘입어 좌파란 무엇인지 감을 잡지 못하는 이들도 꽤 있다. '우'로만 치우친 주류 언론을 일상적으로 접하는 사람이면 '좌'에는 무조건 알레르기 반응을 일으키는 사람들과 세대가 있다. 인터넷을 많이 하는 사람이라면 좌파보다 좌파를 비하하는 '좌빨'을 더 많이 봤을지도 모른다. 이가 대변하듯 한국 정치의 폭은 그리 넓지 않다. 민주주의의 역사가 짧은 우리에게는 당연한 일이다. (2016년 봄 무렵) 대한민국의 여당은 물론이고, 야당조차 좌파는 아니다. 국제적 기준의 정치 스펙트럼을 적용한다면 지금의 여당은 극우(수구 세력), 야당은 우파와 중도 사이쯤에 있지 않을까. 물론 한국에도 진정한 진보를 외치는 소수 정당이 소중한 의석 몇 개를 차지하고 있다. 그러나 그들이 자주 이름을 바꾸는 관계로 나는 현재 그 당의 이름조차 헛갈리고 있다. 우리 정치의 현주소가 그렇다 보니 좌파란 단어는 그리 친밀하지 않다. 2000년대 중반 민주노동당에 몸담았으며, 벌써 223년 전에 왕을 단두대에서 공개 처형한 혁명의 선구 지역에 살고 있는 작가는 우리에게 좌파란 무엇인지를 소개한다.

작가가 만난 좌파라는 사람들(그중 자신을 좌파가 아니라 우파일지도 모른다고 한 사람이 있었다.)은 지혜롭고, 열정적이며, 따뜻한 가슴을 가진 사람들이었다. 나에게는 특히 '어떤 순간에도 인간에 대한 믿음을 포기하지 않는다'라는 제목의 3장에 나온 사람들이 인상 깊었다. 그중 한 명인 사라는 1942년 파리에 살던 유대인 소녀였다. 그해, 소녀는 불과 열세 살이었는데, 우여곡절 끝에 가족 중 유일하게 아우슈비츠로 향할 버스에 오르지 못했다. 그리고 소녀는 그 버스에 올라탄 부모님을 다시 만나지 못했다. 부모님뿐 아니라 이모, 이모부, 사촌들 모두가 같은 운명을 맞이했다. 이렇게 시작한 그녀의 인터뷰는 왜 열혈 공산당원이 되었으며 80대 노년에 이르기까지 어떻게 공산당원으로서 그 끈을 놓지 않는가를 설명한다. 그녀의 삶 자체가 홀로코스트라는 비극 속에서도 인간에 대한 믿음을 포기하지 않았기에, 다시 사람을 사랑하고 인간의 다양한 행위를 포용할 수 있는 아량을 갖게 된 것이다. 그런 그녀가 경계하는 것은 프랑스 극우파Front National의 약진이다. 극우파는 사람을 포용하는 인류애적 감성이 부족하고 '우리'와 다른 '너희들'을 분리해 배척하기 때문이란다.

작가는 만난 사람들에게 "당신은 좌파인가? 그렇다면 당신이 생각하는 좌파란 무엇인가?"라고 질문한다. 이 질문에 대한 대답을 통해 그들의 신념이 드러났고, 세상을 바라보는 그들의 눈이 투영되었다. 그중 인상적이었던 대답을 소개하려 한다.

> 좌파는 부富를 나누고 사람들 사이의 평등을 말하는 사람들 아닌가. 그리고 좌파는 사회적 약자, 자본을 갖고 태어나지 않은 자들의 편에 서서 사회적 정의를 실천하는 데 노력하는 사람들 아닌가.–토마 페루아

> 좌파와 우파는 돈에 부여하는 우선순위에 따라 구분되는 것 같다. 나는 돈보다는 사람들과 함께 기쁨을 나누는 것에 우선순위를 둔다.–에릭 브로시에

> 좌파는 익숙해지는 것을 거부하는 사람이다. 좌파는 우리를 둘러싼 모든 현상에 대해 문제를 제기하는 사람이다. 단순히 현상에 대해 반대하는 것 외에 또 다른 방향으로의 가능성을 생

각할 줄 아는 사람이다. 좌파 활동가는 그들에게 에너지를 제공하는 샘물을 다양하게 마련해야 한다. 이것을 다양화하지 않고 오직 한 가지 문제로만 접근한다면 단 한 가지의 투쟁에 몰두하게 된다. 이건 아주 전형적으로 위험에 빠지는 방법이다. 그러면서 이들은 자기도 모르게 '보수적'인 태도를 가지게 된다. –솔렌 페랑도

좌파란 보다 평등하고 보다 차이를 존중하는 사회로 세상을 변혁하려는 의지를 가진 사람이다.–브누아 켄더

나는 좌파가 아니라 극좌파다. 극좌파란 반자본주의자가 되는 것, 그리고 자본주의에 저항하는 운동을 하는 사람들이다. –이렌 장

이들 중 가장 내 마음을 움직인 것은 군인이었던 아버지와 프랑스령 마다가스카르에서 유년시절을 보내고, 청소년기는 68혁명의 소용돌이를 가로지르고, 이후에도 질풍노도의 삶을 살아온 루이즈 포르의 대답이었다.

나에게 좌파란, 다른 먼지들이 진정한 자유를 갖지 못하고 있을 때 '나'라는 먼지만 홀로 자유로울 수 없다는 사실을 이해하는

것이다.–루이즈 포르

당신은 좌파인가? 지구상에서 여전히 나 홀로 냉전이 종식되지 않은 한국에 사는 나에게 이 질문이 주어진다면 나는 선뜻 대답할 수 없을 것이다. 15명의 파리 좌파들의 삶과 견해가 내 마음속에 공명하고 있지만 말이다. 당신은 좌파인가? 생태주의자인가? 페미니스트인가? 아나키스트인가? 라는 질문이 주어진다면 나는 이것들이 내포하는 사상과 활동에 동의할지라도 선뜻 그 범주에 속하는 '~주의자'로 나를 소개하기란 참 어색하고도 낯간지럽다. 이 사회에서 자신의 사상과 성향을 드러내기보다는 ○○출신, ○○학교, ○○학과 ○○학번 아무개, 어디 살며 무슨 일을 하는 아무개, 라고 소개하는 것이 가장 무난하고 익숙하기 때문일까. 혹은 어느 범주에도 가두지 않고 '나'란 개인으로 고유하게 살고 싶은 욕망이 내 안에 도사리고 있기 때문일까. 자신의 정체성을 한쪽으로 가두지 않았던 마지막 인터뷰이 심영길 씨의 대답에 나는 회심의 미소를 지었다. 20대에 프랑스로 건너가 40년 넘게 타국에 살아온 그는 이렇게 대답했다

나는 좌파라고 해도 반감은 없지만, 어찌 보면 우파일 수도 있는 사람이다. 나는 과거로의 회귀성이 강한 사람이다. (중략) 동시

에 나는 항상 걸어가는 사람이다. 스스로를 좌파라고 규정하고 우파를 적으로 매도하고 싶지는 않다. 우파에 장점이 있다면, 오히려 그것을 찾아서 본받고 싶을 뿐이지 적으로 두고 싶은 마음은 추호도 없다.–심영길

작가가 만난 15명, 그들의 이야기를 계속 하고 싶지만 나는 지금 책 소개를 하고 있을 뿐임을 다시 한 번 상기하며, 이 글을 읽는 독자들에게 직접 그들을 만나보라고 권하고 싶다. 목수정 작가의 『파리의 생활 좌파들』을 통해서 말이다.

'젊음'을 보내며
-영화 〈클라우즈 오브 실스마리아Clouds of Sils Maria〉

불혹의 나이를 통과 중인 '우리'는 여전히 젊다. 그럼에도 불구하고 진정 풋풋했던 날들을 향한 향수와 '젊음'에 대한 집착은 여전하다. 출산으로 인해 예전 같지 않은 몸, 단순히 몸매뿐 아니라 몸의 기능이 예전만 못할 때 이십 대의 젊었던 나날을 회상한다. 모두가 잠든 밤이었다. 가만히 거울을 들여다보니 익숙하면서도 낯선 내가 뚱한 표정으로 그 안에 담겨 있다. 칙칙한 피부, 도톰하던 지방이 다 빠져버린 눈매, 주근깨와 잡티가 콧대 양쪽으로 몰려 있는 지친 표정의 아줌마. 거울 속의 내가 나 같지 않아 섬뜩함마저 들었다. 그러다 문득 떠오른 생각. 젊은 외모를 간직하고픈 욕망은 정신이 여전히 '젊음'의 미숙함을 간직하고 있기 때문일까? 젊음에 대한 집요한 집착은 죽는 순간까지 가져갈 본원적 욕망일까?

다른 한편으로 나는 젊음을 등져가는 것에 안도하기도 한다. 나이가 들어가며 이해의 폭이 넓어지고, 경험이 쌓아 놓은 지혜 덕분에 삶과 타인을 대하는 태도는 더욱 관대해졌다. 젊음의 미숙함에서 기인했던 번뇌를 이제는 하지 않으니, 삶의 숙제를 반 정도는 해버린 것 같아 후련하기도 하다. 아이들의 엄마이기 이전에 언제나 세련된 여자이고 싶은 욕망이 마음 한구석에 남아 있지만, 나무처럼 커가고, 꽃처럼 활짝 피는 아이들을 보면 젊음을 보상받는다는 기분이 들기도 한다. 내 젊음과 생명 에너지를 다음 세대에 전수함으로써 나는 시간과 나이를 초월한 존재로 변신하는 중일까.

젊음을 화두로 한 영화 한 편을 보았다. 여전히 매력적인 줄리엣 비노쉬가 주연을 맡은, 〈클라우즈 오브 실스마리아 Clouds of Sils Maria〉. 외국어 제목이 길다. 제목을 번역하지 않은 점이 썩 내키지 않았으나, 실스 마리아는 지명이었고, 클라우즈는 비교적 쉬운 단어이니 넘어간다. 스위스 산악 지역, 실스마리아의 구름. 영화는 성공한 중년 여배우의 젊음에 대한 집착과 질투를 보여준다.

20년 전 마리아는 치명적인 매력을 지닌 '시그리드'라는 젊은 비서의 역할을 연기하며 혜성처럼 떠오른 여배우다. 20년이 지난 지금, 여전히 성공적인 배우로 명성을 유지하고 있는 마리아에게 그녀를 스타로 만들어주었던 연극 감독의 자살 소식이 전해진다. 한편 한 젊은 신예 감독이 이 연극을 리메이크하며 마리아에게 '시그리드'가 아닌 '헬레나' 역을 제의한다. 헬레나는 젊고 치명적인 시그리드에 의해 파멸되는 중년의 여자 상사다. 이야기는 여기에서 시작한다. 마리아는 '헬레나' 역을 맡아달라는 제의가 불편하다. 시그리드였던 내가 헬레나라니. 돈과 명성도 지나간 젊음만큼은 되돌릴 수 없었다. 거절하려 하지만 감독의 감언이설에 결국 숙명처럼 그 제의를 받아들이고. 젊은 개인 비서 발렌틴과 스위스의 산악 지역, 구름이 산등성이를 타고 올라오면 세상이 안개 속으로 사라지는 실스마리아에서 연습에 돌입한다.

산속 외딴 별장에서 헬레나에 몰입하는 마리아는 시그리드의 역할을 낭독해주는 발렌틴에게 자신의 혼란스런 내면을 적나라하게 드러낸다. 헬레나가 되어야 하는 중년의 여배우는 시그리드의 '당돌한 젊음' 앞에 질투와 불안을 느끼며 소리치고 신경질을 부린다. 가면을 벗어 던진 마리아의 날것 그대로의 감정은 또 다른 '젊음'의 상징인 개인 비서 발렌틴에게 고스란히 전가된다.

잘 짜인 연극처럼 막이 나누어진 영화가 종반으로 향해 가며 마리아는 서서히 평정심을 찾아간다. 그러나 마리아의 민낯을 감당해야 했던, 친구처럼 허물없이 마리아의 손발이 되어주던 발렌틴은 인내심을 잃고 중년의 배우를 떠나버린다. 마치 '젊음'처럼.

에필로그. 연극의 초연이 임박한 런던으로 배경이 바뀐다. 런던 중심의 한 극장에서 만석이 된 무대의 막이 오르기 전, 마리아는 시그리드 역을 맡은 젊고, 발랄하고, 되바라진(사고뭉치에 내적 미성숙의 상징인) 조앤에게 극 중 '헬레나'라는 역할을 위해 작은 부탁을 한다. 대중과 미디어의 관심을 받으며 젊음의 매력에 한껏 도취한 어린 스타는 그 부탁을 단칼에 거절한다. 실스마리아에서 이미 어지러운 마음을 내려놓은 듯 보이는 마리아는 담담하게 그 거절을 받아들인다.

한편, 무대 뒤 대기실에 SF 영화를 구상 중인 한 감독이 찾아온다. 무채색 티셔츠에 야구모자를 눌러쓴 젊은 감독은 마리아에게 자신이 구상 중인 영화에 출연해줄 것을 제의한다. 감독이 제안한 역할은 23세기의 돌연변이이며 나이를 초월한 인물. 그러며 감독은 덧붙인다. 시나리오를 구상하는 내내 나이를 가늠하기 어려운 주인공 역을 해나갈 배우로 당신을 염두에 두고 있었습니다.

스탠바이. 마리아는 무대 뒤에서 젊던 그녀를 스타로 만들었던 작품의 리메이크 공연에 막이 오르길 기다린다. 영화 내내 집착과 질투심으로 불안해하던 표정이 아닌, 그간의 경력이 묻어나는 숙련된 배우의 표정으로. 한 여배우가, 아니 한 여자가 불가능한 집착과 욕망을 놓아버리는 순간이 줄리엣 비노쉬 특유의 침착함과 이지적인 느낌이 배어나는 얼굴에 그려지며, 영화의 엔딩 크레딧이 올라간다.

세상으로 떠난 미국 산골의 육남매

-영화 〈캡틴 판타스틱Captain Fantastic〉

엄마가 돌아가셨다. 험준한 바위 산맥, 인적 없는 산골에서 여섯 아이를 키우던 부부에게 정확히 무슨 일이 있었는지 영화는 말해주지 않는다. 대자연 안에서 급진적이고도 독립적인 생활 방식을 실천하며 여섯 아이를 낳고 키웠던 엄마는 심각한 정신의 병을 앓게 됐고, 그녀는 홀로 고향인 도시로 떠나버렸다. 그리고 전해지는 자살 소식. 아빠와 아이들의 모험은 여기서 시작된다. 외할아버지의 반대에도 불구하고 엄마이자 아내인, 한 여인의 장례식에 참석하기 위해 가족은 도시로 떠난다.

돈을 벌지 않는다고는 하나 미국인지라, 가족에게는 50인승 관광버스만 한 캠핑카가 있다. 커다란 버스를 몰고 열여덟 살부터 일곱 살 사이에 고만고만하게 낀 여섯 아이들이 도시로 나왔다. 친절하게 설명해주지는 않으나 아이들에게는 이번이 첫 도시 경험인 듯하다. 학교 문턱에는 가보지 않았으나 고학력 부모 덕분에 무척이나 명석한 아이들은 책과 부모의 입을 통해서 어떻게 세상이 돌아가는지 알고 있다.

전직 변호사인 엄마를 둔 아이들은 말도 논리적으로 딱 부러지게 잘한다.

산골을 떠나니 자급자족 생활이 불가능하다. 사냥을 할 수도 없다. 핫도그와 콜라를 사달라는 배고픈 아이들을 데리고 아빠는 대형 마트로 간다. 장 봐서 해 먹으려고 하는구나, 역시 돈 아끼고 여행하려면 해 먹으며 다녀야지, 라고 공감하는 사이, 아빠는 돌연 대형 마트에서 심장 마비로 쓰러진다. 어린 딸이 쓰러진 아빠를 흔들어대며 울기 시작한다. 엄마 없는 하늘 아래, 이런 고전 한국 영화처럼 신파로 가는 것인가? 왜…. 넌 미국 영화잖아.

다음 장면. 10대 중후반쯤의 큰 아이들이 아빠와는 멀리 떨어진 식재료 칸에서 식료품을 카트에 쓸어 담는다. 커다란 케이크도 담는다. 대형마트의 다른 구석에선 사람들에게 둘러싸인 아빠가 응급조치를 기다리고, 저 멀리에서는 구급차 소리가 들려온다. 장면이 바뀐다. 쓰러졌던 아빠는 갑자기 정신을 차려 버스를 향해 걸어온다. 멀쩡하다. 큰 아이들은 이미 마트에서 얻은 먹거리를 차에 실었다. 이 가족은 아나키스트 쇼핑을 했다. 아나키스트 쇼핑, 대기업이 운영하는 초대형 마트에서 식료품과 생필품 등을 가져오는 것이다. 돈은 내지 않고.

쇼핑을 위한 연극은 성공적으로 막을 내렸고 이들은 한

영화 〈캡틴 판타스틱〉 포스터

적한 공원의 나무 식탁에서 맛있게 점심을 차려 먹는다. 게다가 그날은 마침 노암 촘스키Noam Chomsky의 생일. 촘스키의 대형 브로마이드를 펼쳐 들고, 훔쳐 온 케이크로 이 가족은 '그들만의 아이돌' 탄신일을 경축한다. 크리스마스는 축하하지 않는 급진 아빠는 천재적 언어학자이자, 양심적 지식인이자, 국제사회에 미국의 제국주의를 고발한 자칭 아나키스트 촘스키의 생일은 기념한다. 다섯 아이들이 달달한 마트 케이크의 촛불을 불며 기뻐하는 와중, 열세 살 무렵의 반항이 시작된 셋째 아들은 이를 거부한다.

"우리가 왜 노암 촘스키 사진을 들고 이 사람 생일을 축하해야 해? 왜 우리는 촘스키 생일은 기념하면서 남들처럼 예수의 생일은 축하하지 않는 건데! 우리도 남들처럼 크리스마스를 축하하면 안 돼? 남들처럼 살면 안 되냐고!"

어디서부터 어디까지가 맞는 것일까. 보수적인 부모 아래 아이들은 급진적 성향으로, 급진적인 부모 아래 아이들은 보수적 성향으로 성장할 가능성이 크다고들 한다. 동서고금을 막론하고 어떤 자식은 부모를 똑 닮아가고, 어떤 자식은 부모의 방식에 정면으로 반항하고픈 것이다.

반항과 거리가 멀 것 같은 이 가족의 듬직한 첫째 아들, 엄청 똑똑하시다. 사회, 역사, 문학, 과학, 생활의학, 못하는 과목이 없는 '아빠 홈스쿨'의 모범생. 그런 첫째가 어느 한적한 캠핑장에서 또래 여자에게 반한다. 고요한 야밤, 첫째와 여자애는 은은한 조명이 켜진 수영장에 걸터앉아 물에 발을 담그고 서로에 관해 묻는다.

"넌 어디서 왔니?"

"음… 아빠가 교수라 외국에 살아."

책을 많이 읽은 첫째는 역시, 그럴듯하게 자신을 평범한 사람으로 꾸민다. 약간의 대화가 오가고, 어느 순간 첫째는 침을 꿀꺽 삼킨다. 열여덟 살 남자의 참을 수 없는 호르몬의 작용. 그리고 첫 키스. 젊은 두 남녀는 솟구치는 욕망을 실현하려 손을 잡고 어디론가 달린다. 그런데 낭만적 장면 앞에 돌연 중년의 여인이 등장한다.

"엄마가 지켜보고 있었어. 이제 잘 시간이다."

엄마 앞에서 사슴으로 변한 여자애는 아쉬운 표정으로 작별하려는데, 첫째는 별안간 무릎을 꿇고 고전극의 로미오처럼 대사를 읊는다.

"당신의 딸과 관계를 맺는다면, 결혼하고, 아이 낳고, 행복하게 살겠습니다."

황당한 모녀는 웃다가 캠핑카로 들어가고, 보는 나도 깔깔대고 웃었다. 그러나 첫째는 허탈하다. 다음 날 가족은 캠핑장을 떠나고, 첫째는 하룻밤의 첫사랑과 이별한다. 같은 날 밤, 아들과 아빠 단 둘만이 남아 있다. 아들은 아빠에게

종잇장 여러 개를 내민다. 하버드, 예일, 스탠포드, 프린스턴, MIT…. 낯익은 이름의 미국 명문대학 입학허가서들. 종잇장을 넘기던 아빠는 화들짝 고함을 치며 불처럼 화낸다. (다른 사람들 깨면 어쩌려고, 좀 살살 하지.)

"너 나 몰래 이게 다 뭐냐. 대학에 가서 뭘 하게. 왜 대학에 가려고 해. 넌 이런 쓰레기 같은 곳에 갈 필요 없어. 널 봐봐. 넌 혼자서 공부해도 대학 나온 애들보다 더 똑똑해. 날 속인 거냐…."

아빠의 반응에 아들은 울부짖는다.

"엄마는 내가 대학에 가길 바랐어요. 아빠 몰래 엄마와 대학 입학 준비를 했어요. 날 보세요. 난 괴물이에요. 책에 쓰인 것만 아는 괴물이라고요. 나는 알고 싶어요. 사람 사는 진짜 세상을 알고 싶다고요."

어떻게 사는 것이 맞는 것일까. 정답은 없다. 부모의 특별한 신념대로 키운 아이들이 남들처럼 평범하게 살고 싶다고 할 때, 부모는 할 말을 잃고 고민한다. 캡틴 판타스틱, 자신의 가치에 따라 급진적인 삶의 방식을 실천하며 살아온 아빠처럼. 이 가족이 사는 모습에, 산골에 사는 우리 가족의 모습이 얼핏얼핏 투영된다. 아직 아이들이 어리긴 하지만 엄마인 나는 어떻게 아이들을 키워야 할 것인가, 무심코 고민에 빠지곤 한다. 초등학교에 다니는 큰애는 학교를 별로 좋아하지 않는다. 돌이켜 보면 내가 우리 애 나이 때, 나도 학교를 별로 좋아하지 않았다. 토요일은 항상 기분이 좋았고, 일요일은 항상 기분이 가라앉았다. 내일 학교에 가야 했으니까. 아침마다 아이에게 학교 가라고 등 떠밀 때, 그것이 옳은지에 대해 확신이 없다. 세상에는 잘 살아가는 다양한 방법이 존재하므로 특별히 옳은 단 한 가지 정답만 있는 건 아닐 터. 어떤 선택을 하든, 내 아이들이 정해진 세상의 방식에 휘둘리지 않고 자기 주도적인 삶을 살아가길 바란다.

영화는 종반으로 치달아 간다. 이런저런 갈등과 속내를 드러내며 여섯 아이와 아빠는 엄마의 장례식장에 도착한다. 장례 예배가 한창인 경건한 교회에 알록달록한 파티 의상을 입고. 그러고는 할아버지, 외할머니, 친척들, 그리고 그곳에 모인 사람들에게 소리친다.

"엄마는 불교 신자예요. 엄마는 화장을 한 후 그 뼛가루를 변기에 뿌려달라고 했어요."

부유하고도 보수적인 외골수 외할아버지는 아랑곳하지 않고 장례식을 강행하고, 가부장적인 남편에 눌려 살아온 듯한 외할머니는 어쩔 줄 몰라 한다. 그러나 미국에서도 피는 물보다 진했다. 장례식 후 아이들과 상봉한 조부모는 감격하고, 그들의 저택으로 아이들을 데려간다. 거지 같은 히피에게 딸을 빼앗겼다고 생각한 외할아버지는, 아이들의 아빠는 돌아가라며 내쫓는다. 그리고 아빠의 경제적 사회적 악조건을 약점 잡아 양육권을 운운하는데….

결국, 영화 속의 아이들은 엄마의 무덤을 파헤쳐 모두 함께 산으로 돌아온다. 강이 내려다보이는 언덕에서 제일 멋진 옷을 입고, 깃털을 꽂은 화관을 쓰고, 동그랗게 손을 잡고 모여 노래를 부르며 가장 소중한 사람의 장례식을 치른다. 여행 중 겪은 크고 작은 일들로 가족의 삶은 변화를 맞이한다. 첫째는 홀로 비행기를 타고 떠난다. 아마도 동부의 대학 도시로? 첫째를 배웅한 가족은 헤어짐의 아쉬움을 뒤로하고, 말끔한 공항 화장실로 우르르 몰려간다. 그리고 유언대로 엄마를 보내드린다. 이 영화에서 공감하지 못한 두 가지, 엄마는 왜 하필 화장실 변기를 선택한 것일까? 결국 대학에는 꼭 가야 하는 것인가?

e-메일

자작 단편 「산청으로 가는 길」 중

사랑에 빠지는 것은
오늘의 지루하고 제한적이고 기계적이고 원자화된
이 우스꽝스러운 사회에 대한
최종적 혁명 활동

열정적인 사랑은
의미 있는 방법으로 개개인을 연결하고
연대한 개개인들이
각자의 딱딱한 껍데기를 벗어던지고
자본주의 체제가 만들어 놓은 반복적 일상과
소비라는 수동적 단감을 버리고는
참사랑과 즐거움이 있는 별세계로 빠지는 것

열정적인 사랑은
그러므로 사회를 위협하는 것

당신이 진정으로 인생을 귀하게 여긴다면
사랑이란 이름으로 포장된

사회적 현상유지를 위한 관계가 아닌
스스로조차 태워버릴 수 있는 열정적 사랑에 빠지길

자 그럼 이제
합리적 판단을 내려놓고
당신의 감정과 직관을 믿으라

5장

산 아래 세상에서

변하는 것과 변하지 않는 것들

페미니즘은 휴머니즘이다

11월의 셋째 토요일, 결국 광화문으로 향했다. 멀고 먼 광화문까지 상경 투쟁을 결심한 것은 대통령의 퇴진을 요구하는 거국적인 집회에 내 촛불 하나를 더하고 싶었고, 같은 날 광장 곳곳에서 농민 대회, 노동자 대회, 여성 대회, 환경 대회 등의 다양한 목소리를 들을 기회였기 때문이다. 아침부터 부산을 떨며 집을 나선 시각은 오전 9시 반, 하늘에선 올해의 첫 눈발이 하얗게 내렸고 서울에 가까워질수록 도로는 정체됐다.

광화문에 도착했을 때는 이미 늦은 오후였다. 기대했던 페미니스트 시국 선언은 이미 끝나버려서 나는 청와대 방향 행진에 동참했다. 저녁 8시, 150만 명이 모인 촛불 집회의 공식 무대가 끝나자 나는 인산인해를 헤치고 동아일보 앞에서 친구를 만났다. 오랜만에 만난 친구와 얼싸안고 인사를 하는 옆에서는 60대로 보이는 아저씨들이 종이컵을 들고 앉아 술판을 벌이고 있었다. 정말 남녀노소 각양각색의 사람들이 나와서 집회와 축제를 동시에 즐기고 있다는 생각이 스치는 사이, 친구는 아저씨들을 보며 눈살을 찌푸렸다.

나와 친구는 거리의 인파를 헤치고 아늑한 카페에 자리 잡았다. 페미니스트 시국 선언에 갔다 온 친구는 성폭력 피해자를 포함한 여러 참여자의 자유 발언이 그 어떤 집회에서보다 감동이었다고 전했다. 용감한 페미니스트 동지들과 행진을 하고 난 직후 나를 만난 친구는 여전히 연대의 감흥에 젖은 채, 페미니즘 구호가 적힌 스티커를 나에게 건넸다. 우리는 안부를 묻기도 전에 대통령과 국정농단의 주인공이 여성인 점을 악용해 여성 혐오 발언이 속출하고 있는 세태와 이를 주도적으로 기사화하는 언론부터 욕했다.

지난주 전주 집회에서 있었던 일이다. 중년을 넘긴 한 남성이 발언대에 올라 쌍으로 핀 연꽃 이야기를 늘어놓았다. 그리고는 갑자기 창을 하듯 구성지게, "박근혜는 쌍년!!"이라고 쩌렁쩌렁하게 고함을 치고 내려갔다. 몇 사람의 자유 발언이 이어졌고, 나는 좀 떨떠름한 기분으로 축축한 아스팔트에 앉아 이어지는 발언을 들었다. 해가 다 져버린 시간, 꼭 할 말이 있다는 마지막 발언자가 올라왔다. 앳된 목소리의 젊은 여성이었다. 그녀는 아르바이트를 마치고 이곳을 지나다 "쌍년"이라는 욕을 듣고 용기를 낸 것이었다. "듣는 여성으로서 아주 기분이 나쁩니다." 이렇게 시작한 그녀의 발언은 조곤조곤 침착하게 이어졌다. "여성, 장애인, 성소수자를 비하하는 발언을 하지 맙시다." 집회를 시작하며 사회자가 했던 말이기도 했다. 전주 집회의 일화를 전하자 친구는 지난주 광화문의 자유 발언대에서도 '아줌마'라는 호칭을 사용한 간큰 남자가 있었다며 흥분했다. 아줌마? 아줌마도 여성 비하 발언인가. 맥락에 따라 다르지 않을까. 이렇게 친구에게 물어보려다, 그냥 지나갔다.

같은 날, 과거 여성 혐오적 발언을 했던 인기 래퍼 그룹 DJ DOC가 박근혜를 '미스 박'이라 호칭하며 랩을 만들었고, 역사적인 광화문 무대에 오르지 못했다. 수많은 남성들은 악동 DJ DOC의 무대를 저지한 '꼴 페미'를 욕했고, 여성들 사이에서도 DJ DOC의 랩이 여성 혐오적인가를 놓고 찬반 의견이 분분했다.

오랜만에 마주한 친구와 대화를 나누다 보니, 서울에서 비혼으로 사는 친구와 시골에서 애 낳고 사는 나 사이에 미묘한 비공감대를 감지했다. 평소 말이 잘 통하는 친구였으니, 그날 나와 친구 사이에 미세먼지처럼 부유하던 비공감의 기류가 마음에 남았다. 그것의 정체를 곰곰이 생각하다 찾아낸 질문 하나. 어디서부터 어디까지가 여성주의의 경계일까? 사는 모양이 달라지니 서로의 입장이 달라졌다.

아줌마와 미스 박, 오랜 시간 관습적으로 사용해온 호칭들이다. 아줌마가 된 후 난 아줌마란 호칭이 싫지 않다. 존비어 체계가 유난히 뚜렷한 우리말을 하다 보면 나이가 들어갈수록 상대를 칭하는 호칭이 애매할 때가 많다. 전 국민이 한 가족도 아닌데, 별로 친하지도 않은데 '이모'라는 호칭으로 불리기보다는 '아줌마'라 불리는 게 더 편하다. 내가 사는 농촌 지역에서는 공무원도 민원인을 아줌마라 부른다. 아저씨는 아저씨, 아줌마는 아줌마. 그러나 도시라는 공간에 오면 상황이 좀 다르다. 아줌마라는 호칭은 부르는 이도, 듣는 이도 불편하다. 그렇다면 뭐라고 불러야 하나. 선생님? 샘? 그냥 이도 저도 아닌, 여기요?….

'미스 박'도 그렇다. 상황에 따라 문제적이기도, 영어임을 감안하면 포멀하기도 하다. DJ DOC가 박근혜를 '미스 박'이 아닌 '미즈 박'이라고 불렀다면 상황이 달라졌을까? 알 수 없다. 어디서부터 어디까지가 여성 혐오적 발언일까. 처한 환경에 따라 경계는 불분명하다.

미혼이던 시절, 페미니즘에 관심이 많았다. 그 무렵 여러 권의 페미니즘 책을 읽었는데, 인도의 페미니스트 반다나 시바의 『에코 페미니즘』은 아직도 내 가슴속에 강렬한 인상으로 남아 있다. 제3세계 출신인 반다나 시바는 '누구를 위한 페미니즘'인가를 묻는다. 『에코 페미니즘』에서 그녀는 제1세계 여성들만의 페미니즘을 강렬히 비판하며 다음과 같이 질문한다. 제1세계 페미니스트 운동이 과연 제3세계 여성들 아우르는 여성주의인가? 가령 제1세계 여성의 사회 활동을 돕는 제3세계 여성의 저렴한 가사노동이 과연 여성주의적 측면에서 정당한 것인가? 합리적인 가격의 유기농 면을 구매하는 제1세계 여성들은 면화 산업에 종사하는 인도 여성들의 열악한 노동 조건을 알고 있는가? 제1세계 여성들의 페미니즘은 그들 삶의 방식이 환경에 끼치는 영향을 인지하는가?

미국의 페미니스트 빅토리아 로우는 '국가 폭력에 의존하여 가정 폭력을 해결하려는 방식이 가장 약자인 여성들에게 피해로 돌아가고 있다'는 문제를 제기했다. 그녀는 주류 페미니스트들이 벌여온 가정 폭력 방지 입법화 운동이 부작용을 낳았다고 주장한다. 입법화의 결과 경찰이 다루는 폭력의 범위가 더욱 넓어지며, 이는 유색인종, 이민자, 경제적 약자에게 남용되어 결국 소외된 계층의 여성들이 가장 피해를 보는 상황으로 이어진다고 빅토리아는 설명한다. 북미에 살지 않는 나에게 그 논리가 완벽히 와닿지 않았지만, 심각한 경찰 폭력이 주로 흑인과 유색인종에 집중되는 미국이란 나라에서 벌어지는 다양한 여성주의 연대의 기류를 엿볼 수 있었다. 진정한 페미니즘이란 특정 지역의 특정 여성들만의 전유물이 아닌, 모두를 아우르는, 성性과 인종과 계급을 넘어서 연대하는 지점에 있어야 한다. 반다나 시바는 그렇게 주장했고, 그녀를 만난 후 나도 그렇게 주장한다.

2003년, 진보의 가부장제에 도전한 여자들의 이야기라는 소제목을 달고 출판된 『오빠는 필요없다』의 저자 전희경은 이렇게 썼다.

> 중요한 것은 여성주의 정체성을 확고하게 정의하는 것이나, 진정한 여성주의를 완성하는 것이라기보다, 여성주의자들 배후에 어떤 권력의 맥락이 놓여 있는지 이해함으로써 억압에 대한 해석과 저항의 전략을 풍부하게 하는 것이다. 어떤 견해든 특정 상황에 뿌리박은 것이며, 자신의 견해 또한 상황에 따라 달라질 수 있다… 특정한 상황에서 여성주의자들 사이의 견해 차이나 대립은 얼마든지 있을 수 있다. 그렇게 만들어진 전선이나 경계를 절대화하는 것은 대화를 가로막는 장벽이 될 수 있다. "우리는 하나여야 한다"는 강박을 벗어나면서, 동시에 그 '우리' 안팎을 나누는 경계가 다시 그어질 수 있으며, 모두 각자 변화하는 주체들이라는 것을 잊지 않으려고 노력해야 한다.

'메갈리아' 출현 이후, 도시에 사는 여자 친구들을 만날 때마다 그녀들의 젠더 의식은 몰라보게 달라져 있다. 밥벌이 잘하는 남편과 중산층 동네 아파트에 살며 자신을 둘러싼 세계에 별 비판이 없던 친구마저 남편을 한남충이라 운운

페미니즘은 휴머니즘이다.

하고, 잘 사귀던 커플이 메갈리안의 미러링을 두고 말다툼을 벌이다 헤어졌다는 소식이 전해졌다. 감히 스스로를 페미니스트라고 지칭하는 남편과 산에 처박혀 살며 인터넷을 멀리한 탓에 '오늘의 한국 페미니즘' 담론을 따라가지 못한 나는 그녀들의 공격적인 변화에 잠시 움찔하기도 한다. 그럼에도 불구하고 나는 뿌리 깊은 남성 중심 사회 전면에 목소리를 내는 용감한 여성들과 페미니즘의 거센 물결을 환영한다. 내 아이들이 살아갈 미래에 특정 젠더를 '혐오'하지도 '억압'하지도 않을 사회적 뿌리를 심는 일이라 생각한다. 다만 장기적으로, 상대 진영을 공격하는 연맹이 아니라(전쟁을 사랑하는 어떤 집단들처럼), 상대를 이해하고 포용해나가는 연대의 방향으로 나아가길 바란다. 특정 지역의 특정 세대뿐 아니라 젠더와 인종, 나이와 지역, 경제적 계급을 초월한 여성주의 연대를 기대해본다. 쉽지 않겠다. 어쨌든 편협함은 페미니즘과 어울리지 않는다. '페미니즘은 휴머니즘이다.' 구글에서 영어로 페미니즘을 검색하다 발견한 구호다.

8월 24일,
수도 서울에 바람 불던 날

서울의 8월이란 끔찍했다. 도시 전체가 폭염이라는 사악한 저주에 걸려버렸다. 정말이지 이 숨 막히는 더위는 영영 끝나지 않을 것만 같았다. 도시를 덮어버린 콘크리트 덩어리와 아스팔트는 뙤약볕을 흡수해 밤이 되어도 식을 줄 몰랐다. 창문을 열어도 열기가 들어오는 열대야의 밤, 밤의 열기가 채 식기도 전 다시 아침 해가 뜨면 또다시 무더운 하루가 시작됐다. 서울은 거대한 찜통. 나는 불 오른 찜통 속에 고기만두….

남편은 큰 아이들 둘을 데리고 서늘한 캐나다로 가버렸다. 나는 작은 아이 둘을 데리고 친정이자 내 고향 서울에서 찜통 같은 여름을 견디고 있다. 다행히도 부모님 집에는 에어컨이 있다. 그러나 다행하지 못한 것은 에어컨이 거실에만 있다는 사실이다. 가장 더운 낮 시간이 되면 거실의 에어컨 아래 옹기종기 모였다. 육십 대 부모님, 두 살, 네 살의 아이들 그리고 나. 하루 이틀도 아니고 삼대가 모여 온종일 냉방 중인 실내에 있기란, 참 그랬다. 특정 시간이 되면 나는 두 아이를 데리고 우레탄의 열기와 냄새가 올라오는 놀이터에도 가야 했고, 유모차를 밀고 산책도 가야 했다. 밤이 되면 에어컨 바람 아래서 자기 싫어 아이들을 데리고 방으로 들어갔다. 에어컨이 없는 방은 한밤이 되어도 언제나 32도 이상이었다. 몸의 열기를 식히려 아이들은 이불 위를 데굴데굴 굴러댔고, 그러면 나는 잠결에 일어나 꺼진 선풍기 타이머를 다시 비틀어 돌렸다. 아침이면 우리들의 이마는 땀범벅이었다.

아! 집이 그리웠다. 밤이면 24도 아래의 상쾌한 공기를 선사하던 산골의 여름밤이여. 서늘한 밤공기를 맘껏 쐬다가 잠결이면 쓸쓸함에 창문을 닫아야 하는, 그 알싸한 느낌.

기상청은 폭염이 곧 물러갈 것이라고 몇 번이나 예보했다. 그러나 번번이 오보였다. 사람들은 화가 났고 기상청의 무능함에 분노했다. 이번 여름 서울에서 지내지 않았다면 나는 그런 사람들, 소위 도시인들의 인내심 부족을 언제까지나 비아냥거렸을지도 모른다. 그러나 3주가 넘도록 두 아이를 양옆에 끼고 32도가 넘는 방에서 자다 보니 나도 어느새 기상청의 오보를 욕하고 있었다. 그러던 어느 목요일, 기상청은 금요일에 있을 소나기가 폭염과 열대야를 걷어줄 것이라 예보했다. 오보를 남발하던 기상청의 예보는 '소나기가 폭염과 열대야를 걷어주기는 하나 당분간 더위는 계속될 것이다' 라는 단서를 달았다. 그들도 조심스러웠던 것이다. 아니나 다를까 예보가 오보였는지 금요일 밤에도 날은 푹푹 쪘다. 에라이, 하늘이 아니라 기상청을 욕하며, 나는 자기 전 의례처럼 찬물을 끼얹고 선풍기를 틀고 잠자리에 들었다. 그런데 이게 웬일인가? 잠결에 마치 전생에서나 느껴봤던, 추억 속 그리움이 되어버린 시원한 밤공기가 피부에 와닿는 것이 아닌가. 잠결인지 꿈결인지, '시원하네, 시원해'를 연발했다. 아침에 눈을 뜨자 창문 사이로 열기가 섞이지 않은 '바람'이 들어온다. 얼마만인가.

8월 24일은 마침내, 올여름 서울에 온 이래 처음으로 에어컨을 틀지 않고도 시원한 아침이었다. 나는 볼일이 있어 외출했다. 바람이 얇은 옷을 통과해 살결에 부딪쳤다. 찬바람이 분다는 이유만으로 이렇게 희열을 느끼다니. 나는 실실 쪼개며 홀로 거리를 쏘다녔다. 어떤 아주머니는 '봄, 가을, 겨울만 있었으면 좋겠어.'라고 통화하며 걸었고, 어떤 아저씨는 '아휴, 시원해'를 연신 남발하며 갈 길을 갔다. 그날 아침, 거리에서 본 사람들은 대부분 만족스런 표정이었다. 마치 도시를 점령했던 전쟁이라도 끝난 듯. 불 앞에서 장사 준비하시던 길가 노점 떡볶이집의 아주머니도, 거리를 청소하던 환경미화원도, 행인들도 그날만큼은 만인에게 평등한 천국으로 귀환한 사람들 같았다.

더위는 그렇게 허망하게 물러갔다. 소나기 한방에 도시는 단 한 번의 앙탈도 없이 폭염이라는 적을 몰아내고 갑자기 가을을 맞이했다. 기온은 점점 내려가 이제 저녁이면 반소매에 반바지가 쌀쌀할 정도다. 2016년 8월은 나에게 이렇게 기록된다.

8년 만에 처음 보내는 서울의 8월.
기록적인 더위를 기록한 1994년 이후 가장 더운 8월이라고 기상청은 발표.

1994년 고등학생이던 나는 시커먼 아스팔트 땡볕을 걸어
오아시스 같은 독서실로 들어가
에어컨 바람 앞에 땀을 말렸다.

2016년 애 엄마인 나는 시커먼 아스팔트 땡볕을 걸어
우레탄이 깔린 놀이터에서
사막의 모래처럼 달궈진 미끄럼틀을 타고 노는 아이들을 바라보며 땀을 흘렸다.

그들에겐
아주 중요한 여행

앙드레 81세, 수잔 77세.

식탁에 앉아 아침을 먹는데 남편이 스마트폰을 내밀었다. 작은 화면에는 시어머니가 보낸 이메일이 열려 있었다. 남편의 고향, 퀘벡의 무슬림 사원에서는 무차별 권총 테러가 일어나 무고한 사람들이 죽어간 날이었다. 남편의 무표정 뒤에는 비통함이 엿보였다.

> 5월 1일, 우리는 서울에 갈 계획을 세우고 있단다. 일주일간 서울에 머물며 너희들과 시간을 보내고 싶구나. 그 뒤에는 일본으로 갈 예정이다. 요코하마-밴쿠버 간 크루즈를 예약하려 한다. 우리가 이 여행을 무사히 해낼 수 있을지 조금 망설여지기도 하지만…. 잘 되길 바란다. 서울에 있는 동안, 예전에 묵었던 ㅇㅇ 레지던스에 머물고 싶구나. 예약을 도와주겠니?

간단한 메일이었으나 내용은 그리 간단하지 않다. 일단

내 머릿속에서는 자동 수식이 설정된 듯, 여행비용이 계산됐다. 5년 전 서울에 오셨을 때처럼 토론토-인천 간은 180도로 좌석이 펼쳐진다는 퍼스트 클래스에 탑승하실 것이다. 황금 연휴인 5월 첫째 주 ○○ 레지던스의 7박 견적이 얼마나 나올까. 서울-도쿄 간에도, 밴쿠버-퀘벡 간에도 비행기를 타실 것이다. 모르겠다. 유난히 생활비가 넉넉지 않은 올해, 나는 머릿속으로 자주 돈 계산을 하며 돈 나올 구석을 찾고 있다. 암튼 여행비용은 우리 가족의 일 년 생활비를 훌쩍 뛰어넘을 것이다. 그러나 그게 무슨 상관이란 말인가. 그것은 그들의 인생, 우리는 우리의 인생. 단지, 부모 자식 간에도 빈부 격차가 크다는 사실을 인정해야 할 뿐이다.

잠시 후 남편은 어머니와 통화했다. 여행은 확정됐다. 미국에선 트럼프 대통령이 반이민법 행정명령에 서명했고, 국경 너머 캐나다 퀘벡에선 극우 성향의 백인이 무슬림 사원에 총격을 가한 날이었다. 저녁기도 시간이던 사원 안에서 6명이 사망했고, 19명이 부상을 입었다. 용의자로 체포된 남자는 정치학을 전공하는 대학생. 미국의 트럼프와 프랑스의 민족전선FN을 지지하는, 민족주의와 반페미니즘 성향의 극우 인사로 이미 지역에는 알려진 인물이었다.

그날 퀘벡 친구들의 페이스북에는 무고하게 죽어간 희생자들의 이름이 올라왔다. 사람들은 희생자를 애도했고, 촛불을 든 애도의 물결은 광장을 가득 메웠다. 지구 반대편의 그 풍경이 결코 낯설지 않았다.

남편은 이상하다고 했다. 퀘벡에서, 게다가 부모님 댁에서도 꽤 가까운 곳에서 테러가 일어났는데, 엄마는 전화 통화를 하면서도 이 비보에 대해 한마디 언급도 하지 않았다는 것이다. 무슬림 사원이 아니라 가톨릭 성당이었더라도 그랬을까? 라고 의문을 던진 남편에게서 당혹감이 엿보였다. 이미 오래전이긴 해도, 부모님을 '돈 쓰는 돼지'라고도 비난했던 남편이다. "여행 때문에 정신이 없으셔서 그렇겠지."라고 대꾸해주고 나는 식탁에서 일어났다.

그날 내내 남편은 희생자들을 애도했다. 고향에 불고 있는 극우 바람, 특히 무슬림 혐오를 우려하며 미국 친구에게 전화를 걸어 길게 통화했다. 오후에는 한국에서 유학 중인 멕시코 학생을 우연히 만나 대화를 나눴다. 가족과 친척들이 멕시코와 미국 샌프란시스코 등지에 흩어져 살고 있다는 멕시코 친구는 북미의 상황을 우려했다. 재한 북미 동포들과 감정을 나누며 남편의 표정이 한결 밝아졌다. 그날 남편은 밤늦도록 컴퓨터 앞에 앉아 자판을 두들겼다. 며칠 뒤 어머니에게서 메일이 왔다.

나도 진심으로 희생자들을 애도한단다. 네가 생각하는 것처럼 나는 인종차별주의자도 아니고, 그 일에 무관심하지도 않다. 나는 종교를 뛰어넘어 같은 도시에 사는 선량한 이웃이 희생된 것에 유감을 표한다. (중략) 우리는 5월 여행을 준비하고 있다. 우리가 부탁한 숙소는 예약했느냐? 돈을 송금해 줄게.

시아버지에게서도 메일이 왔다. 조금은 두서없는 그러나 노력한 흔적이 역력한 편지였다.

어느덧 내 나이가 80이 넘었구나. 내 아버지는 81세에, 어머니는 83세에, 형은 76세에 세상을 떠났지. 아직 만나보지 못한 어린 손주들을 만나고 싶구나. 이 아이들이 자라면, 어렸을 적에 캐나다 할아버지가 우리를 보러 한국에 왔었지, 라고 회상할 수 있도록 말이다.

내 아들아, 젊은 시절 나는 영국계 사람들과도 유대인들과도 일했었다. 그들과 일하며 난 그들의 문화와 종교를 존중했어…. 아버지는 네가 생각하는 그런 무심한 사람이 아니란다. 나에게 이번 여행은 정말 중요하구나. 호스피스에 가기 전 마지막 여행이 될 거야.

사랑하는 아들에게, 아버지이자 할아버지인 앙드레가

8월이 되면 50년을 넘게 산 노부부는 별거에 들어간다.

별거라는 표현이 적당한지 모르겠다. 앙드레는 홀로 집을 떠나 알츠하이머 환자를 돌봐주는 요양시설에 입주할 것이다. 앙드레가 떠나고 나면 수잔도 집을 정리하고 실버타운에 입주할 계획이란다. 앙드레는 시설을 '호스피스'라고 불렀다. 남편과 나는 이 소식을 까맣게 몰랐다. 먼 타국에 사는 아들과 전화통화 하실 때는 가족의 안부를 물으시고, 좋은 것만 말씀하시고, 건강하게 잘 있으면 됐다고만 하셨다. 서울에 오신다는 뜻밖의 계획이 노부부에게는 별거 여행일 줄은 꿈에도 생각지 못했다. 알츠하이머인 아버지에게 이슬람 사원 테러 사건을 언급했다는 이유로 형에게서 유쾌하지 못한 이메일이 날아왔다.

> 아버지를 자극하지 말라고 했잖아. 네 메일 받고 아버지는 정말 혼란스러워하셨어. 아버지에게는 안부나 날씨 같은 가벼운 이야기만 꺼내야 한다고. 그리고 아버지가 가시는 곳은 공립 호스피스가 아니라 한 달에 ○○○○달러나 하는 고급 시설이야.

형의 신경질이 메일로 전달됐다. 시부모님의 소식에 나는 멍했다. 서글펐다. 시부모님이기 이전에 앙드레와 수잔은 50년 이상을 같이한 연인이며, 부부다. 늙어버린 남녀가 동거를 이어가며 먼저 가는 동반자의 죽음을 자연스럽게 맞이할 수 없을까? 하긴, 분업화된 현대사회에서는 연령에 따라 보내지는 곳이 있다. 유아는 어린이집에, 아이는 학교에, 알츠하이머를 진단받은 노인은 시설로 보낸다. "집에서 가족과 살며 삶을 마감하는 것은 과거의 향수에 젖은 낭만적인 꿈이 돼가고 있다." 앙드레가 쓴 문장이다. 이에 이의를 제기하고픈 생각이 자꾸 드는 나는 아직 노년의 속사정을 잘 몰라서일지도 모른다. 마흔 살의 나는 여든 살의 일상을 섬세하게 알지 못한다. 늙어버린 몸에 담긴 노년의 정신은 대체 어떤 모습인지. 어제의 기억은 쉬 사라지고, 젊은 시절의 기억들은 어제 일처럼 또렷해지고, 친구들이 하나둘 망자亡者가 되어가는데, 먼저 가신 부모님과 동기를 회상하며 고급이라지만 요양시설에 들어가는 심정이란. 집에 놔두고 떠날 익숙한 데스크탑 컴퓨터가 아니라, 말년의 보금자리로 가져갈 새 아이패드를 들여다보며 더듬더듬 메일을 쓰신 시아버지의 모습이 눈에 선하다. 아이패드 사용법을 배우느라 큰아들에게 혼 꽤나 나셨을 것이다. 그리고 마침내 메일 한 통을 보낸 것이었다.

나에게 이번 여행은 정말 중요하구나. 사랑하는 내 아들아.

시들어가다. 아름답게.

즐거운 글쓰기 시간

화요일 저녁 7시. 남편과 나는 외출한다. 베이비시터 역을 맡은 이웃이 우리 집에 들어서자마자 누군가에게 붙잡힐세라 부리나케 집을 나선다. 남편은 이미 집 안에서 보이지 않는 길가에 차를 세워놓고 나를 기다리고 있다. 로맨틱한 영화의 주인공처럼 아이를 베이비시터에게 맡기고, 멋진 저녁 식사를 한 뒤 영화나 뮤지컬을 보는 데이트라면.

정확히 5분 뒤 우리는 학교에 도착한다. 이번 학기, 산 아래 옆 마을에 있는 대안 고등학교에서 나는 글쓰기를, 남편은 영화회화 방과후 수업을 맡고 있다. 2학기 개강 며칠 전, 담당 선생님으로부터 연락이 왔다. "영어회화는 확실히 가는데, 글쓰기는 폐강될 가능성이 있어요. 그래도 일단 관련 서류는 준비해주세요." 선생님의 전화를 받고 글쓰기 수업의 이름을 고민했다. 방과후 수업인데 뭐니 뭐니 해도 즐거운 게 제일이라는 생각에 〈즐거운 글쓰기〉로 수업명을 정했다. 그 덕분인지 화요일 저녁 7시 20분에 무려 9명의 아이들이 내 수업에 모인다. 정규 수업이 아닌지라 어느 정도 글쓰기에 관심 있는 아이들이 모였다. 즐거운 글쓰기 시간에 아이들은 글쓰기를 즐긴다. 그중 몇은 글을 아주 잘 쓴다.

교실에 들어서면 먼저 온 아이들은 모두 약속이라도 한 듯 스마트폰을 보고 있다. 분위기는 구름 낀 저기압, 내가 말을 시작하면 무표정한 얼굴을 들고 아무런 피드백 없이 듣기만 한다. 아이들의 이름을 하나하나 불러주며 한 주가 어땠냐고 물으면, 그제야 아이들의 안면 근육이 풀어지며 '말'을 시작한다. 어느 정도 분위가 무르익으면 준비해 간 글을 소리 내어 읽고 이야기를 나누다 글쓰기를 한다. 30분쯤 지나면 쓴 글을 나누어 읽는다.

오늘은 추석 밥상에 대해 써보라고 했다. 추석 전 음식 만들기 풍경이 잘 묘사된 글 하나를 읽고 각자의 추석 밥상에 얽힌 추억을 나눴다. 그리고 글쓰기 전, 매시간 한 꼭지씩 읽는 은유 작가의 『쓰기의 말들』에서 고른 글을 읽었다.

> 소설을 쓸 때마다 내가 소설을 쓴다고 생각하지 않으려고 합니다. 그보다는 '지금 나는 부엌에서 튀김을 올리고 있다'라고 생각하려 합니다.-무라카미 하루키
>
> 하루키는 소설 쓰기를 '튀김 올리기'에 빗댔다. 자신이 먹고 싶어서 튀긴다고 생각을 하면 어깨에 힘이 쑥 빠지고 그때부터 상상

력이 나오기 시작한다며 말했다. "소설쓰기 시작이 어려우면 튀김을 생각하세요. 술술 쓸 수 있습니다."

하루키를 좋아하든 아니든 간에, 은유가 선택한 하루키 문장은 재치가 넘친다. 하루키의 문장을 읽자마자, 60대의 하루키가 얌전하게 앞치마 두르고 튀김옷 입힌 새우를 바삭바삭하게 튀겨내는 모습이 그려졌다. 순간 식욕과 함께 쓰기의 욕구가 마구 솟구쳤다. 내가 상상한 하루키의 모습을 시각적 청각적으로 묘사하며, 자 여러분도 맛있는 튀김을 튀기듯 글을 써보세요, 하니 아이들의 입가에 미소가 그려지며 글쓰기에 돌입한다. 몇 명은 입맛을 다시기도 했다.

1, 2학년 아이들이 연필로 '톡톡톡톡' 소리를 내가며 글을 써 내려가는 사이, 3학년들은 쓰지 않는다. 요즘 3학년들은 세상의 고민을 다 짊어진 듯한 표정을 하고, 절망적인 말만 한다. 수시 전형을 코앞에 두고 아이들은 자기소개서, 일명 자소서를 쓰느라 고생이다. 3학년 은수는 "정말 글쓰기 좋아해요. 자소서 쓰는 것만 빼고…. 자소서는 거짓을 꾸며대는 것 같아요…. 오늘은 정말 아무것도 쓰기 싫어요." 이런 아이들에게 오늘은 내가 가져온 글감 쓰기 대신, 써놓은 자소서를 봐주기로 했다.

1. 학교생활 중 배움, 나눔, 협력, 갈등 관리 등을 실천한 사례를 들고, 그 과정을 통해 배우고 느낀 점을 기술해 주시기 바랍니다.

질문에 나도 숨이 막혔다. 그러나 나를 구원자인 양 바라보는 아이들의 눈망울을 보며 내색은 하지 못했다. 줄곧 인문학과 책 읽기 모임을 해왔고 글쓰기를 좋아한다는 은수는 자소서도 보기 좋게 잘 썼다. 은수가 쓴 자소서의 몇 문장을 손봐주고 단락을 끊어주자 자소서가 훨씬 나아졌다. 내가 보기에는.

시간이 흘러 흘러 내가 고3이던 시간으로부터 20여 년이 흘러버렸고, 그 후로 입시는 내 관심 밖으로 멀어져갔다. 그리고 세대가 돌고 돌아 내가 아닌 나와 글쓰기를 하는 아이들의 입시 풍경을 보니 왜 이리 답답한 것인지. 자소서 쓰기에 스트레스 받으며 염세주의자가 된 아이들에게 "대학에 꼭 가야만 하는 것일까? 난 그렇게 생각하지 않는데."라고 했다가 "음~ 내가 여러분 나이 때는 사실 나에게도 대학이 세상의 전부였어요."라고 덧붙였다.

대학에는 꼭 가야만 하는 것인가. 왜 꼭 가야만 하는 것인가. 이런 화두가 다시금 나에게 돌아왔다. 로봇이 상용화

될 것이라는 10여 년 뒤 미래쯤이면 내 아이들 앞으로 다가올 일이다. 서울을 떠난 이래, 돈 많이 안 벌고 안 쓰며 살고 있다. 학비가 비싼 대학에 가는 대신 스스로 주도적인 삶을 꾸려나갈 수 있도록 생활에 필요한 기술과 방법을 배우고 몸에 익히는 것은 어떨까. 살림, 농사, 옷 짓기, 집 짓기, 글쓰기, 차 고치기, 기계 고치기, 대안 의학, 독서, 음악, 미술…. 분업화된 현대 사회에서 점점 잃어가는 '야성'과 '스스로 하는 즐거움'을 되찾아 가보는 것이다. 그렇게만 된다면 많은 학생들이 굳이 대학에 가야 할 이유는 무엇일까. 대학 졸업한다고 취업이 보장되는 시대도 아닌데 말이다.

그럼에도 불구하고 대학에 꼭 가고 싶다면, 여러 이유 중에 배움의 욕구와 더불어 '소속감' 때문이 아닐까 싶다. 대단한 학구열이 있는 것도 아닌 고3들이 대학으로 향하는 건, 여전히 많은 학생들이 대학에 가기 때문이다. 대학이나 직장이 아닌, 학교를 졸업한 젊은이들이 모여 배우고 공부하고 만들고 놀 수 있는 공동체가 곳곳에 생긴다면, 그리고 그 공동체들이 서로 연대하고 교류한다면 어떨까. 여전히 대학에 목매는 우리 사회의 분위기가 바뀌지 않을까. 내 아이들에게 다가올 미래를 꿈꿔본다.

Be wild!

사람과
사람들

그때 나는 저 아래 반짝이는 한강을 내려다보고 있었다. '미세먼지 좋음'인 하늘은 높고 광활했으며, 도시를 둘러싼 인왕산 자락이 선명하게 눈에 들어왔다. 최장 열흘의 추석 연휴, 나는 고향 방문 중이다. 어릴 때부터 같이 놀던 동무들을 만나 여의도 22층의 패밀리 레스토랑에서 드물게 한가한 서울의 거리를 내려다보며 그녀들의 열띤 대화를 듣고 있었다. 은과 문은 나의 오랜 벗들이다. 은과는 6학년 때 같은 반이 되며 단짝이 되었다. 문은 은과 내가 다니던 성당에서 교리 시간마다 반항적인 태도로 시시덕거리던 애들 중 한 명이었다. 10대를 지나는 내내, 여의도 광장에서 롤러스케이트를 타고, 방과 후에 같은 학원에 다니고, 시험이 끝난 날이면 인근 대학가를 함께 배회하던 우리의 우정은 스무 살이 넘어서도 이어졌다. 그리고 9년 전 내가 서울을 떠났음에도 어린 시절부터 다져진 오랜 우정은 쉽게 식지 않았다. 사는 모습이 무척이나 달라졌지만.

마흔이 넘은 우리의 삶은 참으로 복잡하다. 우리 셋 다 아이 엄마가 되었다. 성취욕이 강한 은은 두 아이를 낳고 키우는 동안에도 일을 놓지 않은, 진정한 슈퍼우먼이다. 정말 슈퍼우먼인 것이 초등학교와 어린이집에 다니는 두 아이를 돌보며, 매일 출근하며, 밤에는 미래의 커리어를 위해 대학원까지 다니고 있다. 역시 두 아이의 엄마인 문은 남편이 너무도 바빠 어린 둘째의 '독박 육아'에 지쳐 있음에도, 큰아이를 계층의 상징인 영어 유치원에 보내며 교육에 열정을 쏟는 세심한 학부형의 역할을 그럴듯하게 해나가고 있다. 그리고 나는 알다시피, 네 아이를 산골에서 키우며 산다.

각자의 커피를 앞에 두고 은과 문은 아파트 매매와 대출, 향후 부동산 경기에 대해 심도 있는 대화를 나눴다. 서울의 집값은 천정부지로 치솟고 있다. 한국의 부동산은 일본형이 아니라 홍콩형으로 갈 것이다. 즉 하늘 높은 줄 모르고 당분간 쭉 오를 것이란 의미라고 둘 중 하나가 나에게 설명했다. 나는 거들 말이 거의 없었다. 일부 대출을 끼고 40평대 아파트를 소유한 은과 곧 그리 될 문의 씀씀이는 나와는 이미 차원이 달랐다. 억을 대출해도 전문직 맞벌이 부부인 은과 대기업 정규직 남편이 있는 문에게는 몇 년 안에 갚아나갈 수 있는 돈이다.

돈. 이것이 바로 내가 떠나버린 고향, 서울 사람들의 핵심 화제. 집을 살 종잣돈도, 그런 돈을 대출할 능력도, 설령 대출해도 갚을 길이 없는 나는 라디오의 부동산 소식을 청취한다는 기분으로 벗들의 대화를 들으며 통창 너머의 명쾌한 하늘과 비단결처럼 올이 풀린 구름과 까마득한 그 아래 한강을 바라봤다. 이런저런 이유에서 내 가정의 경제가 불황인 해다. 벗들과 비교하니 내 씀씀이는 학창 시절 수준으로 역주행하고 있다. 서울의 중산층으로 자리매김한 30년 벗들은 이제 나와는 많이 다른 방식으로 살아간다. 우리 사이의 간극에 약간의 쓸쓸함이 느껴지는 순간, 나는 우리의 우정이 삶을 관통할 것이라는 생각에 이르렀다. 경제적 조건과 삶의 화두가 이만큼 달라졌음에도 만남을 이어가는 우리는 서로에게 소중한 죽마고우竹馬故友이기에.

요즘 공짜라면 귀가 솔깃하다. 좀 점잖게 말하자면, 무료인 것이 좋다. 경제적으로 여유롭지 못하고 아이들이 많다 보니 어느새 자리 잡은 취향이다. 다행히도 농촌지역에는 꽤 다양한 것들이 무료로 돌아온다. 소외지역이라는 이유로 특히 아이들을 위한 행사는 대부분 무료다. 어제는 읍 체육관에서 어린이 과학체험 행사가 열렸다. 같은 군이지만 저 멀리 구천동 계곡에 사는 지인이 전화를 걸어 왔다. “다 무료예요. 아이들은 체험하고 우리는 오랜만에 소풍해요.”

오랜만에 세 가족이 모였다. 그간 몇 계절이 지났고, 9명의 아이들은 그만큼 커버렸다. 아이들이 체험장으로 가버리고 세 엄마는 서로의 안부를 물었다. 게스트하우스를 운영하며 종종 명상과 치유 캠프를 진행하는 주아는 '호흡식'이라는 새로운 프로그램을 소개했다. 열흘간 금식은 물론 물도 마시지 않으며 내면의 참'나'를 찾아가는 여정이라고 한다. 물도 마시지 않는 게 가능하냐는 질문에, 우리의 내면에는 그럴 만한 충분한 에너지가 있다고 주아는 설명했다. 나도 여러 가지 머리 아픈 일들과 하지 않아도 될 집착을 떨쳐버리고자 그 프로그램에 참여하고 싶다고 하자 주아는, 마음만 있으면 얼마든지 할 수 있어요, 라고 했다. 그래도 난 아이들 때문에 열흘이나 되는 프로그램에 참여할 수는 없을 것이라 하자 "할 수 없다는 마음이 있으면 할 수 없는 것이고, 할 수 있다는 마음이 있으면 할 수 있는 겁니다."라는 답변이 돌아왔다.

마리아는 19년 동안 하느님의 은총 안에서 아이 셋을 키우고 있다. 20년 전 성지순례를 떠난 보스니아 헤르체고비나의 메주고리예에서 성모님의 계시처럼 신부님을 만났고, 두 사람은 속세를 등지고 산골에 들어와 성가정을 이루며 살아왔다. 하느님을 배우지 않는 제도교육에 아이들을 맡길 수 없어 홈스쿨에서 세 아이를 교육하는 마리아와 신부님은 모든 것을 하느님께 의탁하며 살아간다. 경제적인 것까지. 주어진 대로 기뻐하며 살고, 궁핍한 것도 다 하느님의 뜻이라 여긴다. 돈을 벌지 않으며 살아간다는 것에 가족친지와 주위 사람들이 손가락질해도 그냥 삶에 주어진 고난이라 여기며 살아간다. 우리가 걱정하지 않아도 하느님은 우리에게 언제나 충분한 것을 주시죠. 돈 걱정을 꺼내놓은 나에게 마리아는 이렇게 말했다. 천사처럼 티끌 없이 웃으며.

오후 3시. 과학 체험 시간이 끝나고 아이들이 돌아왔다. 주아는 모두를 그녀의 게스트하우스로 초대했다. 고기를 먹자는 주아의 제안에 나도 마리아도 거절할 수 없었다. 아이 13명과 어른 5명이 주아의 집으로 향했다. 구천동 계곡길을 따라 굽이굽이 달리다 어느 마을에 도착해서 다시 꼬불꼬불 좁은 산길로 올라갔다. 주아의 보금자리는 우리 집처럼 산 위에 있다. 우리 집이 산등성이 등성이가 내려다보이는 열린 골짜기라면, 주아의 공간은 숲속에 폭 싸여 있어 그 안에 들어서면 나는 다른 세상의 품에 안겨 있는 기분이 든다. 아이들은 드넓은 게스트하우스 강당과 데크에서 뛰어놀고, 어른들은 널찍한 부엌에서 김치전을 부치고 고기를 삶으며 대화를 이어갔다.

예수와 제자들의 마지막 만찬에 등장하는 긴 식탁이 차려졌다. 성찬의 시간처럼 식탁 중간에 세워진 세 발 촛대에 불을 밝히고, 2년 전에 인근 과수원에서 버려진 포도로 담근 유혹적인 자줏빛 포도주가 투명한 호리병에 담겨 나왔다. 만찬을 앞두고 신부님은 감사의 기도를 올렸다. 참'나'를 찾아가는 범신론자 가족과 크리스천 가족과 아나키스트 가족 모두가 한마음으로 감사기도에 손을 모았다. 성령의 축복이 내려진 음식은 꿀맛이고 자연에서 발효된 술맛은 깊었다. 그날 식탁에 모인 어른들은 믿음과 신앙에 관한 열띤 토론을 벌였다. '나' 주변에 낀 거품을 걷어내고, '나' 안에 신성을 찾아가는 사람들과 신을 믿으며 그 사랑 안에서 천국을 향해 살아가는 사람들. 서로는 각자의 믿음을 주장하며 말씨름을 하다가 어느 한 지점에 도달했다.

신부님이 말하길,

당신이 하느님을 믿건 믿지 않건 우리는 결국 같은 것을 말하고 있어요. 내면의 평화를 위한 수행과 끝도 없는 하느님 사랑. 당신들의 입장에서는 그것은 우주의 사랑이겠지요. 결국 본질은 같은 것입니다. 우리의 하느님은 세상 어디에서나 다 같은 하느님이시지요. 종교를 분리한 건 바로 사람들입니다. 우리가 같은 것을 바라보면서도 너무 다르게 이야기하는 건 우리가 하느님의 언어가 아닌 인간의 언어를 쓰기 때문이죠. 그런 이유에서, 결국 우리가 바라보는 본질은 비슷한 것 같아요. 내가 믿는 하느님의 자리에 '나'를 대입하면 주아님이 믿는 것이 되죠.

그때 갑자기 내 남편이 끼어든다.

"그게 바로 아나키예요! 아니키즘의 본질도 바로 같은 것입니다!"

신부님 가족과 주아의 가족이 아주 잠시 황당한 표정으로 내 남편을 바라보다 웃음을 터트렸다. 우리는 말을 잇는 대신 잔을 들어 건배하고 포도주를 들이켰다. 서로 다른 세계관이 하나의 접점에서 만나는 시간, 아이들도 어른들도 모두가 즐거운 밤이다.

그 밤, 내 마음에 일던 번민의 파도가 잠잠해지고 평화가 찾아왔다. 산에서 사람들은 신과 나를 만난다. 좀 더 가까이.

겨울은 지나가고 봄이오는 사이, 볕은 따숩고 가지는 앙상하다.
계절의 혁명(révolution des saisons)을 기다린다.
계절의 순환을 기다린다는 의미다. Révolution의 사전적 의미는
혁명이며 변동이며 혁신이며 회전이며 순환이다.
산골에서 혁명을. 이 문장을 곱씹어본다.

삼척 바다 둥근 해, 떴다!

눈 감으면 펼쳐진다
수평으로 이어지는 모래밭
그 위에, 진파랑 바다
그 위에, 연파랑 하늘
삼척 바다의 선경仙境

어스름 아침, 큰 맘 먹고 주섬주섬 옷을 입고
드르르 문을 열고 일출 보러 나간다
어제와 달리 하늘은 흐렸다
희뿌연 연무 너머, 동쪽으로 추정되는 하늘 한 군데
흐끄무레 붉은빛 띠었을 뿐

뜨는 해 못 봐도 산책이나 하려는데
폐쇄된 해안 산책로 아쉬워라
길을 돌고 돌아
저편 해변으로 향한다.

모래사장 다다르자

이게 무엇인가
바다 위로 난 빛나는 오솔길 하나
반짝반짝 찬란하다
너울너울 넘실대는 광명의 길 따라
수평선 한 발짝 위로
커다랗고 탐스러운 홍시 빛
아침 해
오차 없이 동그랗게 떴다!

파도 부서지는 해변에 앉아
붉은 해가 점점점 높이 높이 떠올라
더 이상은
더 이상은 너무 눈부셔 바라볼 수 없을 때까지
동그란 그 모양 형체 없이
사방 빛으로 흩어질 때까지
바라본다
뜨는 해에 소망 하나 실어 보낸다

해는 퍼졌다

옆에 있는 친구

이젠 일어나잔다

산골에서 혁명을

초판 1쇄 발행 2018년 2월 26일
2쇄 발행 2018년 12월 7일

지은이 박호연
펴낸이 강수걸
편집장 권경옥
편집 정선재 윤은미 이은주 강나래
디자인 권문경 조은비
펴낸곳 산지니
등록 2005년 2월 7일 제333-3370000251002005000001호
주소 부산시 해운대구 수영강변대로 140 BCC 613호
전화 051-504-7070 | 팩스 051-507-7543
홈페이지 www.sanzinibook.com
전자우편 sanzini@sanzinibook.com
블로그 http://sanzinibook.tistory.com

ISBN 978-89-6545-487-8 03810

* 책값은 뒤표지에 있습니다.
* 이 도서의 국립중앙도서관 출판예정도서목록(CIP)은 서지정보유통지원시스템 홈페이지(http://seoji.nl.go.kr)와 국가자료공동목록시스템(http://www.nl.go.kr/kolisnet)에서 이용하실 수 있습니다.(CIP제어번호: CIP2018003992)